ISIDRE ESTEVE
LA SORT DEL MEU DESTÍ

Edició de Manuel Franco

ISIDRE ESTEVE
LA SORT DEL MEU DESTÍ

abril 2008

ara
LLIBRES

Idea original d'Ara Llibres

Primera edició: març de 2008

ARA LLIBRES, S.C.C.L.
Corders 22-28
08911 Badalona
Tel. 93 389 94 70
www.arallibres.cat

Edició: Manuel Franco
Traducció: Emma Porrata
Disseny de coberta: Neli Ferrer
© Fotografia de coberta: Albert Bertran, 2008
Localització de la fotografia de coberta: Oliana (Lleida)
Fotocomposició: Víctor Igual, S.L.

Impressió: Gramagraf, S.C.C.L.
Corders 22-28
08911 Badalona

ISBN: 978-84-96767-94-2
DIPÒSIT LEGAL: B. 12.075-2008

ÍNDEX

PRÒLEG

Mai no he estat un gran seguidor del món del motor. No per res en especial. Senzillament, a l'edat en què alguns dels meus companys anaven de matinada a buscar un bon revolt al circuit de Montjuïc o al ral·li Costa Brava, jo preferia dinar els diumenges a corre-cuita i buscar un bon lloc a «general» al Camp Nou.

Després hi he tingut una relació més aviat professional. De manera que recordo a grans trets el protocol que vàrem seguir quan va tenir lloc l'accident de l'Isidre Esteve, a qui només coneixia pels diaris.

No calia ser metge per adonar-se que les lesions que s'havia fet al desert d'Almeria podien ser greus. De fet, les escasses dades que els metges i la família van filtrar semblaven orientades al fet que ningú no es fes il·lusions. O sigui que llegíem allò del pronòstic reservat amb el to sobreentès d'«aquest acabarà en una cadira de rodes». De fet, era el que comentàvem en veu mig baixa quan s'acabaven els esports i s'apagava el pilot vermell del micròfon.

I així vàrem anar mantenint les educades aparences d'esperança en una recuperació miraculosa, quan es va anunciar la roda de premsa d'alta de l'hospital de l'Isidre Esteve. Aleshores ja sabíem que l'Isidre havia patit una lesió medul·lar completa a nivell sensitiu amb fractura i luxació de dues vèrtebres i traumatisme toràcic. O sigui que sí, que sortiria amb la cadira. El que estava per venir era previsible: un esportista emocionat que dóna les gràcies pel tracte dels metges i l'afecte dels aficionats, i cap a casa. Però no.

Crec que escoltava rutinàriament un bloc d'esports a Catalunya Informació quan llavors van sonar les frases que expliquen aquest pròleg: «És una lesió medul·lar al cent per cent. Tinc moltíssima sort. Tinc el cap i els braços bé, i aquests dies m'he adonat que puc fer mil coses. El món no s'ha acabat. És, simplement, una vida diferent. Quan vagi pel carrer, l'únic que heu de fer és mirar una mica més avall».

Amb les frases passa com amb les mirades: n'hi ha que brillen. Els que hem sentit un miler de talls de veu sabem que només de tant en tant sonen per la ràdio paraules que enlluernen de tan clares com són. L'endemà, quan vaig arribar de matinada a Catalunya Ràdio, vaig incorporar aquesta frase a la portada de les set. Volia convidar tot el país a despertar-se amb aquella càlida afirmació de superació personal. I a fer-la seva.

Aquella frase i aquest llibre són per a tothom: per als que una pedra molt gran al camí ha desfet la vida i no veuen la manera d'aixecar-se per tornar a començar, i per a tots aquells que fins ara han tingut la sort d'anar apartant només pedretes, però saben que la vida no saps mai per on te la foterà.

A part del fet que el carrer és ple de persones a qui hem de mirar «una mica més avall». Segurament més que no es veuen a simple vista, perquè com va dir el president Maragall la tarda de la inauguració dels Jocs Paralímpics, tots som discapacitats, d'una manera o altra.

A cap de nosaltres no ens està negat el coratge d'afirmar que el món no s'ha acabat i que sempre podrem fer mil coses. El valor de l'Isidre és l'admirable manera com ens ho va recordar.

ANTONI BASSAS
Barcelona, febrer del 2008

Desde la noche que sobre mí se cierne
negra con su insondable abismo
agradezco a los dioses si existen
por mi alma invicta.
Caído en las garras de la circunstancia
nadie me vio llorar ni pestañear.
Bajo los golpes del destino
mi cabeza sigue erguida.
Más allá de este lugar de lágrimas e ira
yacen los horrores de la sombra,
pero la amenaza de los años
me encuentra, y me encontrará, sin miedo.
No importa cuán estrecho sea el camino,
cuán cargada de castigo la sentencia.
Soy el amo de mi destino,
soy el capitán de mi alma.

WILLIAM E. HENLEY

Em dic Isidre Esteve i fa temps vaig ser pilot de motos, un d'aquells capaços de guanyar en un viatge d'aventures, de competir contra la llegenda del desert, de desafiar el continent oblidat. Així va ser fins que vaig conèixer l'eternitat de l'instant. Succeí de sobte... envoltat de silenci. Després, la dama negra intentà visitar-me, però aquesta vegada vaig assolir abans la meta. Sóc el capità de la meva ànima. Llavors, el món va ser un altre. I la vida va seguir. I van tornar els somriures.

UNA GANIVETADA A L'ESQUENA

«Com t'assembles a l'aigua, ànima de l'home! Com t'assembles al vent, destí de l'home!»

JOHANN WOLFGANG VON GOETHE

Una ganivetada a l'esquena, això vaig sentir. Com si un maleït àngel del destí em clavés una espasa de foc al cos i m'omplís de milions de vidres trencats. Dolor, un dolor immens, intangible, més enllà de la realitat. Un dolor que em va deixar l'ànima asfixiada, feta miques. I després no res. No sentia el cos. Allò que fins a aquell moment havia estat meu va deixar de ser-ho en un instant, i només el temps, que ho cura gairebé tot, que pot amb tot, aconseguirà fer que ho recuperi. El destí se m'aparegué al davant, per enganyar-me, per avisar-me, per dir-me que existeix el repte de la normalitat, de la vida corrent, més enllà de gestes extraordinàries, de fites històriques i d'aventures de llegenda. Una pedra aparegué enmig del camí, i tot va canviar. Ho vaig saber en aquell mateix instant. I tant, que ho vaig saber! Mai abans no havia sentit res de semblant, i vaig tenir la certesa que, a partir d'aquell moment —que podia ser de qualsevol, però que era meu— res no tornaria a ser igual. Malament, vaig pensar, o potser bé, qui ho sap? Mai no ho sabré, ni paga la pena esbrinar-ho. Diferent, segur. La pedra que havia aparegut enmig del camí no em deixaria tornar a la meva vida, però, si més no, continuaria vivint. Aquest és el gran repte, l'objectiu de qualsevol persona que es vanti de ser-ho: viure. És el nostre dret i la nostra obligació. No existir, això ho fa qualsevol. Si no viure, fer tot el que es pugui —i més encara— per tenir allò que han de posseir els qui somien ser feliços i cada dia ho intenten fins a aconseguir-ho, si més no en aquells moments en què la vida es rebel·la davant de tanta injustícia, davant d'aquest món de tons grisos, i ens xiuxiueja colors a cau d'orella. De vegades, l'arc de Sant Martí surt, i llavors el sol ens demostra que sempre, sempre, val la pena continuar vivint. De tot això, pràcticament només en sabia un borrall. Sempre havia estat una mica rar, «especial», diuen els qui m'estimen. Tanmateix, les altres coses les he anat aprenent des d'aquell moment màgicament tràgic en què la meva vida va canviar en algun lloc, en algun camí del sud peninsular, des que vaig trobar una pedra al desert d'Almeria i vaig notar una ganivetada a l'esquena.

Era dissabte, disputava el ral·li de la Baja Almanzora, la primera prova del Campionat d'Espanya de raids del 2007, un certamen que coneixia prou bé i que havia guanyat en sis ocasions. Però aquell cop era diferent, la prova es corria amb *road book*, un aparell un pèl pesant que els pilots acostumem a fer servir en els raids africans per facilitar la navegació i on portem apuntada la ruta i els perills que hi ha durant l'etapa. Es tractava d'un instrument que fins llavors no s'havia utilitzat mai en el campionat nacional. Tant se val. És més, als habituals del Dakar fins i tot ens anava bé com a entrenament per al gran objectiu vestit de somni: guanyar al llac Rosa. La prova va començar bé. Vaig aconseguir el millor temps en el pròleg amb la meva KTM 525, la moto d'enduro que, com altres pilots, solia fer servir en aquesta mena de proves. En aquella ocasió, només

Marc Coma, guanyador del Dakar l'any 2005, portava la mateixa moto que vam pilotar a l'Àfrica, la KTM 660, més pesant, però que ell volia utilitzar per habituar-se a les condicions difícils amb aquella muntura. En Marc va guanyar la primera volta i jo era a prop seu a la general. Abans de començar a disputar la segona mànega, li vaig demanar a Enric Augé, el meu mecànic i persona de confiança, que em tragués el *road book* perquè ja no era necessari. Les roderes, les petjades de les motos a la primera passada, marcaven el camí, que es podia seguir sense cap mena d'ajudes. No ho considero un error ni me'n penedeixo, d'haverho fet. Vaig sortir primer perquè se seguia l'ordre assenyalat en el pròleg, no a la primera passada. Quan una cosa extraordinària succeeix, per bé o per mal, és com si l'univers, totes les forces que formen part del cavall de batalla de la vida, es posessin d'acord. Res no es deixa a l'atzar en el món de la sort, tot està perfectament preparat en el teatre de la improvisació.

Vaig sortir el primer i a la primera part de l'especial vaig aconseguir marcar un bon ritme de cursa. Anava de pressa i em sentia a gust pels camins andalusos. Vaig arribar al control de pas i els comissaris de l'organització em van fer saber que duia cinc minuts d'avantatge al segon classificat. A partir d'aquell moment, vaig disminuir el ritme. Només faltaven trenta quilòmetres per al final del ral·li; era gairebé impossible que els perseguidors guanyessin aquella diferència en tan poc temps, en tan pocs quilòmetres. No temia perdre la cursa, no temia res. Anava rodant tranquil·lament amb la meva moto, una màquina que m'havia fet somriure molts cops, que m'havia ofert grans moments, un aparell convertit en una obra d'art de la mecànica amb el qual em divertia i em sentia bé, que em servia per gaudir de la vida. I llavors va succeir. Amagada entre la sorra i el vent em vaig trobar amb la maleïda pedra enmig del camí. I ja res no va tornar a ser mai més igual.

Hi havia molta pols en suspensió i potser vaig pensar massa en la seguretat. És possible que la prudència excessiva fos una de les causes de l'accident. Això i el no-res, que no té cap explicació per més que s'intenti explicar. Vaig aixecar la roda del davant perquè el pneumàtic del darrere atenués l'impacte de les pedretes que hi podia haver en el camí. I així anava, relativament a poc a poc i no gaire lluny de la meta, amb la moto aixecada, quan en un instant la meva vida va fer un tomb de com a mínim cent vuitanta graus. La part posterior de la moto va topar amb una pedra força grossa, que es convertí en una mena de catapulta. El selló em va colpejar el còccix amb tanta força que vaig haver de deixar anar el manillar. En aquell lapse de temps tot es va parar. Jo no n'era l'amo. Jo no era ningú. No sabia què seria de mi en l'instant següent, si continuaria viu o si seria el darrer moment. No el va ser. La vida va continuar malgrat la dissort del destí.

Quan vaig caure a terra, envoltat de pols, vaig saber de seguida que aquest cop no es tractava d'una caiguda qualsevol. Era conscient que mai abans no m'havia passat res de semblant. Els corbs negres van volar per damunt del meu cap a una velocitat de vertigen. Aquell dia vaig conèixer l'eternitat. Cada segon semblava un dia sencer. Creia que duia setmanes allí, quan, de sobte, van aparèixer dos noiets, d'aquells que segueixen la cursa tal com feia jo quan anava per les muntanyes d'Oliana. O potser no, potser només passaven per allí. Mai no ho sabré, però el cas és que hi eren.

Els vaig sentir molt llunyans, i aquells crits restaran per sempre en el fons de la meva memòria. «Ha caigut! Ha caigut!», van dir. Semblaven portaveus de la desgràcia, locutors de la fatalitat, però també eren enviats del món dels bons. «Estic molt malament!», els vaig dir, i amb un fil de veu escanyada els vaig dir el número del mòbil de l'Enric. També els vaig donar instruccions precises: «Expliqueu-li la veritat. Digueu-li que estic malament, molt malament». Amb la mà dreta, l'única part que sentia del meu cos (la resta semblava esquerdada per un terratrèmol, soterrada per una falla molt lluny de mi), vaig poder treure'm les ulleres. Això fou l'únic que vaig fer en aquell moment.

Al cap de poca estona, vaig sentir el soroll d'una moto a la llunyania que s'acostava on jo era i que de seguida arribà al meu costat i passà a pocs centímetres del meu cos. Era José Manuel Pellicer, un pilot habitual de la competició, que havia participat en diverses edicions del Dakar, sempre sense gaire sort, diguem-ho així. No es va aturar. I encara ara em demano com és possible que passés això en el món dels ral·lis, on les lleis no escrites de la solidaritat entre companys són una llegenda que sempre ens ha comportat l'admiració de tothom, en una especialitat on l'esperit «moter» supera la competició i on la famosa expressió «avui per tu, demà per mi» es porta fins a l'infinit. No m'ho podia creure. Però va succeir així. No es va aturar, i jo vaig continuar estès a terra.

Els noiets es van espantar. «Posa-li la moto al davant —li va dir un nano a l'altre—; no fos cas que l'atropellessin». I arribà un segon motorista, Marc Guasch. També va passar de llarg, sense parar-se a socórrer el company abatut. En el Dakar, on la solidaritat esdevé imprescindible, quan un company cau, el pilot següent s'atura fins que n'apareix un altre, i aquest s'espera fins que n'arriba un tercer, i així successivament fins que, finalment, arriben els equips mèdics o d'emergència. A Espanya, la pràctica no havia de ser pas gaire diferent, però el cas és que ni el castellonenc ni el català no s'hi van aturar. Però bé, ara no es tracta de fer retrets; la vida continua...

Finalment, va aparèixer la figura imponent de la moto taronja de Marc Coma. El meu amic, company d'aventures i competició, rival de tantes carreres, fou el primer dels pilots que aturà la moto, es tragué el casc, acotà el cap i em preguntà: «Què tens, Isidre?». Li vaig respondre amb la veu apagada pel dolor. «Avisa tothom, Marc. Que vinguin, estic fatal i mai no m'havia passat res de semblant. Mai. Marc, avisa'ls. Que no sento les cames, no sento res del meu cos.» El campió del Dakar 2006 es va ensorrar. Va colpejar a terra diverses vegades i va cridar com si la vida li fugís pel coll, increpant el cel pel seu amic abatut.

Tots sabem el que passa, o el que pot arribar a passar, i n'assumim els riscos. Som com veterans en un esport en què la màquina i l'atzar són tan importants com el treball i el talent, però no penses mai que et pugui passar a tu, que la vida sigui capaç de deixar-te una sorpresa a qualsevol recta, en qualsevol revolt del camí. Són com els accidents de trànsit; sempre penses que li tocarà a un altre, que mai no et succeirà a tu. Però de vegades la vida ens converteix en protagonistes, en estrelles invitades d'una pel·lícula que mai no vam voler rodar. En Marc va sentir una esgarrifança per dins, d'aquelles que et punyeixen el cor. Em va dir que els avisaria de seguida i va continuar el seu camí amb els ulls plens de llàgrimes pel dolor de la certesa. El *noi d'Avià* va guanyar aquella cursa, com no podia ser de cap altra manera, però no va pujar al podi que estava preparat per a ell. Sempre diu que li sap greu pels organitzadors, pels aficionats, però que aquell dia no estava per a celebracions i que el seu cor només li demanà restar a la vora del seu company.

Al cap de poc temps que Coma se n'anés, per bé que jo seguia tenyint el temps d'eternitats, arribà una noia que no vaig reconèixer. «Tranquil, Isidre, ens en sortirem. No t'amoïnis, que tu ets fort. Som-hi, endavant, que, d'aquesta, ens en sortirem, Isidre. Sóc l'Edurne, Isidre. Ànim», m'encoratjava sense parar, mentre jo era incapaç de fer res, ni tan sols de reconèixer-la, fins que al final em vaig adonar que qui hi havia al meu costat era l'experimentada muntanyenca Edurne Pasabán, una esportista excepcional que ha aconseguit sobreviure en condicions extremes a les muntanyes més altes del món, que ha pujat entre d'altres l'Everest i el K2, i que, a més de tot això, és la companya sentimental de Marc Coma. Progressivament, van anar arribant suports, persones a qui dec alguna part de la meva vida. Hi havia la Lídia Guerrero, la meva companya, el meu amor, els fonaments de la meva vida, i l'Enric, el mecànic de pentinats impossibles i bondat infinita, que em va acompanyar la darrera època de la meva carrera esportiva en moto.

L'helicòpter mèdic de l'organització va trigar força a arribar i amb prou feines podia aterrar en aquell paratge desolador. Però sempre, en qualsevol lloc, s'hi troba un tresor amagat o algú que sap fer màgia amb dos pals. L'Edurne va agafar dues branques seques, les va netejar i va començar a moure-les fent senyals al pilot de l'aparell, que gràcies a ella va poder aterrar. Em van immobilitzar, em van treure el casc i vam sortir volant d'allí. Al meu costat, a terra, hi havia la meva moto, l'amiga de l'ànima, que em feia feliç des de feia disset anys i amb la qual tantes coses havia aconseguit, a la qual devia tantes coses bones i que tant m'havia cuidat, i que tant vaig estimar. Amb tot, aquell 24 de març, sadollada de somnis sense complir, es va quedar estesa a terra, en un lloc d'Almeria. Per sempre.

VINT-I-CINC PESSETES

«Vivid no de acuerdo con los ideales recibidos, sino con vuestras aspiraciones, con vuestra intuición más vehemente.»

Antonio Gala

A l'edat mitjana, a Oliana hi havia quatre portes d'accés de les quals ara només en queda una, però encara s'hi poden veure les restes de les muralles. És un dels llocs més bonics de Catalunya, d'Espanya i del món. Catifes de neu, muntanyes il·luminades pel sol, la lluna a l'estany, la vida vista des de dalt... Des d'allí sempre hi ha la perspectiva més bona. És el meu lloc, la meva llar. En realitat, vaig néixer a la Seu d'Urgell fa trenta-quatre anys, a l'hospital més proper, i al cap de pocs dies els meus pares em van dur al meu poble, que es troba a la zona sud de la comarca de l'Alt Urgell. S'hi accedeix per la carretera G-14, que el travessa, i el poble va créixer al voltant de l'antic castell d'Oliana. De petit, corria pels carrers estrets del casc antic. I aviat vaig començar a treballar. Em llevava de matinada i baixava per un caminoi envoltat de prats verds fins a l'hort. No en recordo el nom de l'amo, l'home per a qui vaig treballar per primera vegada, però mai no oblidaré que era força intolerant. Continua sent-ho. Dia rere dia, collia patates d'aquell camp com si m'hi anés la vida. Tenia cinc anys i cada matí em llevava feliç per anar a treballar a l'hort. Em pagaven vint-i-cinc pessetes per jornada. Era l'estiu i els dies al Baix Segre tenien aquella brillantor del sol que apareix quan la neu ha caigut i el gel s'ha quedat soterrat entre els grans de sorra. Aquella fou la meva primera feina, i durà tres anys. Tots els estius eren iguals, però aquell senyor —de senyor és com volia que el tractéssim— em pagava el doble cada temporada. El primer estiu vaig començar cobrant vint-i-cinc pessetes, després cinquanta i, finalment, el darrer estiu, cent. Així va anar augmentant el meu sou des dels cinc anys fins als set, en aquella feina que em permetia guanyar uns calerons importants per a la meva família. A casa meva sempre havíem estat gent senzilla. Amb tot, potser no calia que jo treballés, però ho feia, entre altres raons, perquè m'agradava la sensació d'aportar diners al nucli familiar.

Després d'aquest inici inquietant en el món laboral, l'hostaleria va arribar a la meva vida i a la de tota la família.

A prop de casa nostra, a la localitat de Peramola, hi ha l'hotel Can Boix, en un poble amb un bonic nucli medieval de cases antigues i carrers porticats, un indret ple de fonts, on es pot trobar una de les piscifactories més importants d'Europa. A la vora, hi ha les pedanies de Tragó, Nuncarga i Cortiuda. L'hotel Can Boix era un lloc de referència a l'època, així que ben aviat els meus germans, en Francesc i en Jaume, van començar a treballar-hi. En Jaume feia de cuiner, i en Francesc, de cambrer. Jo tenia set anys i la meva tasca consistia a repartir propaganda de l'hotel, primer a Noves del Segre, i després a la frontera amb Andorra. Fins allí em desplaçava amb l'autobús quan acabava les classes a l'escola i, mentre els guàrdies civils escorcollaven els cotxes i els camions a la cerca del gastat contraban de tabac i productes electrònics, jo anava amb el millor dels meus somriures oferint als conductors un fullet de l'hotel.

Era una època de canvi a Oliana. Allí gairebé tothom treballava a l'agricultura i la ramaderia, però les variacions climàtiques començaven a desesperar els camperols. Llavors hi va arribar una versió reduïda de la revolució industrial: una fàbrica de la marca d'electrodomèstics Taurus es va instal·lar al poble. Molts pagesos van canviar d'ofici. El camp era imprevisible i d'aquella nau de formigó cada mes se'n sortia amb un sou fix més els incentius. Un dels qui van canviar el camp per la fàbrica va ser el meu pare, en Josep, una persona recta, noble i treballadora, que em va ensenyar moltes de les poques coses que sé, un català de soca-rel que va fer honor al seu origen amb l'actitud diària fins al dia de la seva mort.

Les meves germanes també aportaven el seu granet de sorra a l'economia familiar. Una d'elles, la Clara, treballava fent feines a la casa del cap de Taurus, i la petita, la Fina, s'estava interna en un col·legi de la vora.

Després d'uns anys d'estar-se a la fàbrica, mentre els meus germans anaven adquirint experiència a Can Boix, el meu pare va decidir que la nostra casa també podia acollir un negoci similar, per bé que en cap moment no va arribar a pensar que es convertiria en el que és avui, un petit berenador, una cantina de muntanya més que no pas un restaurant. Així va néixer Cal Petit.

El meu pare, a poc a poc, i amb l'ajuda de la meva mare, va netejar la casa i els estables, va pintar i va reformar el que era necessari fins que un bon dia es va inaugurar el restaurant. Allí vam treballar-hi tots, des del més gran fins al més petit. Era, i en alguns casos ho continua sent, el típic restaurant familiar on el menjar es tant o més bo que el de casa, on les receptes són les de l'àvia i la paraula *desconstrucció* és tan desconeguda com amable és el tracte amb els clients, als quals es considera gairebé com de la família.

Des dels deu anys, parava i desparava les taules, portava els plats i omplia les cambres de begudes, una feina amb la qual ja tenia experiència perquè l'havia fet a Can Boix, on sempre em van tractar amb un gran respecte. Fou en aquella època de projectes i esforços quan vaig començar a anar amb moto.

La nostra casa, la que després es va convertir en el restaurant, estava a uns dos quilòmetres del poble i, per anar a l'escola, quan en vaig tenir l'oportunitat, em vaig comprar un petit ciclomotor. Un cop més, va ser cosa dels capricis del destí, perquè si la nostra casa hagués estat al centre del poble, jo mai no hauria estat pilot. Les motos no m'apassionaven, ni tan sols tenia cap ídol en aquell temps, i quan feien curses per la televisió, no era cap prioritat veure-les. Encara més, tampoc no podia fer-ho, perquè per a mi el deure principal era treballar a casa, ser una mà més a recollir el gra per poder fer la muntanya. Això era el més important, treballar, tirar endavant el negoci familiar, amb disciplina i capacitat de sacrifici. Però la noia de les dues rodes era allí, i em va anar seduint de mica en mica. La feia servir per necessitat, per anar a l'escola i tornar ràpidament a la feina, però, de vegades, quan acabava la jornada o tenia algun moment lliure, me l'enduia a les muntanyes.

La meva primera moto fou una Puch Minicross 74 cc. A mi em semblava preciosa, amb el dipòsit de planxa que imitava l'alumini, groga com el sol, brillant. Jo era un noi molt actiu i les passejades amb moto ben aviat van esdevenir un costum. En aquella època, al poble se celebrava l'Enduro del Segre, i quan podia anava amb la meva petita Puch i ajudava els organitzadors a muntar tot l'operatiu de la prova per la muntanya. Aviat em vaig comprar una altra moto, una Rieju 74, també un model de camp.

Mai no m'han agradat les motos de carretera. De fet, l'única vegada que n'he provada una va ser una Honda CBR600RR, quan ja havia assolit bons resultats en el Dakar. Vaig anar fins a un municipi proper, Basella, i en tornar, en un revolt ample, la part davantera de la moto se me'n va anar. Vaig poder evitar l'accident, però va ser la primera i l'última vegada que vaig pilotar una moto de velocitat. Vaig arribar a casa amb les cames que em feien figa. I és que a mi m'agraden les motos perquè m'agrada el camp, i per a mi era un alliberament sortir a voltar amb la moto.

Els meus amics del Moto Club Segre no van trigar pas gaire temps a intentar convèncer-me perquè corregués l'Enduro del Segre. Em semblava una bogeria. Però després vaig pensar que si el que més m'agradava era anar amb la moto per la muntanya i aquella cursa consistia precisament en allò, per què no l'havia de provar? José María Pascuet, Lluís Augé i Josep Sala, els principals promotors de la prova, em van explicar que m'havia de comprar una TM de 80 cc, una moto italiana especial per a enduro. I així ho vaig fer. Vaig aplegar tots els meus estalvis d'anys de feina, i amb l'ajut del meu pare i els meus germans, vam comprar aquella TM de la qual fins a aquell moment mai no havia sentit a parlar.

Mai no havia anat a una cursa de motos, no havia participat a cap, però ho volia provar i amb divuit anys vaig sortir a córrer aquell Enduro del Segre amb la mateixa il·lusió que quan muntava la meva petita Puch després de l'escola per anar a fer un tomb per la campanya. Vaig guanyar. La meva primera cursa de motos, la meva primera aproximació al que a partir d'aleshores esdevindria el meu món (malgrat que llavors jo encara no ho sabia) va acabar amb la paraula *victòria* reflectida en el meu somriure. En aquell moment no podia entendre com algú que fins llavors únicament havia dut una moto per passejar, per anar de casa a l'escola i de l'escola —aquell lloc on m'ensenyaven matemàtiques i llengua, fins i tot castellà— al restaurant, podia guanyar a la seva primera cursa. Va ser una sensació indescriptible, gairebé fictícia, com si aquell èxit hagués format part de la vida d'una altra persona i me l'haguessin posat a mi en el llibre del destí. Així esdevé sempre que passa una cosa extraordinària, tant si és excel·lent com si és atroç. Mai no sembla que sigui un mateix el protagonista de la història. Probablement es tracta d'un mecanisme d'autodefensa davant les situacions difícils. Ara bé, no puc entendre que succeeixi el mateix quan és l'alegria qui visita el nostre cor i som capaços de fer alguna cosa extraordinària. Això és el que em va passar aquell dia, allí, dalt del podi, envoltat dels meus amics del Moto Club, amb una moto italiana nova mirant-me des del parc tancat, altiva, i amb els meus germans orgullosos, amb uns ulls que deien: «Aquell d'allí dalt és el meu germà».

La veritat és que vaig guanyar, probablement gràcies a la capacitat de la joventut per viure el moment present, per fer honor al famós *carpe diem* que va fer cèlebre la pel·lícula *El club dels poetes morts*, prenent-lo prestat dels clàssics. He de reconèixer que em vaig emocionar veient en el cine com aquell xicot era capaç de renunciar a la vida en veure que no podia fer realitat el seu somni d'actor.

Se'n parla molt, de la felicitat. Se n'han escrit infinitat de llibres i s'han dissenyat centenars de milers de pàgines d'internet a la cerca d'aquest misteri que resideix en els instants. L'única possibilitat de ser feliç és fer en tot moment allò que un vol. No em refereixo ni a utopies ni a impossibles, ni a gaudir del plaer o el mer desig, sinó a sentir-se satisfet, a posseir la tranquil·litat interior de romandre content amb la vida i d'aprofitar cada moment com si fos l'últim, perquè realment no sabem si serà o no el darrer.

Aquesta va ser la raó per la qual un passerell com jo va guanyar la seva primera cursa de motos en aquell inoblidable enduro per les muntanyes de Lleida. Era el meu moment. Pensava que mai més no tornaria a competir amb moto. M'havien ofert l'oportunitat de fer allò que em venia de gust en aquell moment i l'havia aprofitat. Havia de ser així, perquè cap altre corredor no tenia llavors la mateixa motivació que jo. *Carpe diem.*

Més enllà de la filosofia roman la realitat i, després d'aquell primer triomf, la vida em va voler dur cap a una professió que per a mi mai no va deixar de ser un joc professional. En acabar aquell enduro victoriós, no tenia cap intenció de continuar corrent amb moto, però em van convèncer (el cert és que no va caldre cap torturador per aconseguir-ho) i vaig participar a la segona prova a Guadalajara. També la vaig guanyar.

Amb una xerrada n'hi va haver prou per persuadir-me que disputés tot el campionat. Fou el meu primer any en el meravellós món del motor, de la velocitat i la tècnica, dels fets imprevisibles i de la mecànica, del talent i la fascinació pel desconegut, d'una part de la meva vida que m'acompanyarà sempre. Els fruits d'aquell any van ser abundants: vaig guanyar el campionat en la categoria júnior en 80 cc, el d'Espanya, el de Catalunya i l'espanyol de trams cronometrats. D'un cop de ploma, vaig passar de treure la meva Puch groga a passejar per les muntanyes dels encontorns a recórrer tot Espanya pujant l'esglaó més alt del podi, que a mi em semblava el més gloriós del món.

L'any següent vaig pujar a la categoria sènior i no va anar tan bé com esperava, però per primer cop vaig competir en una prova del Mundial d'Enduro. Aquell any, la competició se celebrava en un lloc molt bonic de Catalunya, a la part del sud de la comarca de l'Alt Urgell que s'estén a l'esquerra del Segre, entre la serra del Turp i el congost dels Espluvins, on hi ha molta aigua. Dos embassaments envolten el territori i hi ha un nucli de cases antigues assentat als peus dels primers contraforts dels Pirineus: Oliana. Allí, al meu poble, envoltat de tota la meva gent i els meus germans ben a prop, vaig competir contra els millors del planeta per primera vegada. Fou grandiós. No ho vaig fer malament, però tampoc puc dir que les fades estiguessin de part meva.

Entre els participants de la meva categoria hi havia un italià que després va arribar a ser campió del món de 125 cc en velocitat i contra qui un altre lleidatà, Emili Alzamora, lluitaria molts cops als revolts. Aquell dia vaig competir amb Roberto Locatelli, a qui la vida encara reservava moltes sorpreses.

I és que, encara que els joves puguin creure que la joventut és eterna, la vida avança, i el camí es fa a peu... o en cadira de rodes. L'abisme del temps passa inexorablement, de vegades ple de grisor, i no s'assembla en gairebé res a allò que imaginàvem quan teníem dinou anys.

Dos anys després d'obtenir el títol nacional júnior, vaig

aconseguir imposar-me en la categoria sènior de l'enduro. Aquella temporada vaig competir per primer cop amb Gas Gas i des d'aquell moment vaig entrar a formar part de l'equip nacional espanyol, que es creà amb l'objectiu de tenir una estructura estatal en un esport en què encara era molt complicat competir amb garanties, sobretot en l'àmbit internacional. Al meu costat, en aquell grup hi havia Nani Roma amb 250 cc, Xevi Puigdemont, que corria (com jo) amb 80 cc, i Josep Rovira, pilot de 125 cc. Així va començar la meva carrera en el motociclisme d'una manera més professional.

El responsable de l'equip era Narcís Casas i, gràcies a ell, vaig aconseguir, igual que la resta dels meus companys, tenir un contracte professional, totes les despeses dels desplaçaments a les curses i als entrenaments pagades i un sou que em semblava increïble: cinquanta mil pessetes al mes. Per a mi allò era el màxim: feia el que més m'agradava i, a més, no m'ho havia de pagar, sinó tot al contrari, em pagaven perquè la meva afició i la meva professió esdevinguessin sinònims, un fet que poca gent és capaç d'aconseguir. En aquells moments veia el meu futur tenyit de gasolina.

Aquell fou l'últim any de la categoria de 80 cc a les curses. Vaig formar equip amb Nani Roma, Miki Arpa i un noi nou que tenia pinta de no fer-ho gens malament i d'haver fet un pacte amb l'esdevenidor: Marc Coma, que va debutar aquella temporada com a júnior amb una KTM 125 cc.

En aquell univers de colors en què em trobava també hi va haver temps per al verb *patir*. He experimentat dos grans disgustos a l'enduro. El primer, i potser el més important, fou quan vaig perdre el Mundial de Nacions, els famosos Sis Dies d'Enduro. Fou el 1997, a Holanda. Vaig anar cinc dels sis dies que dura la competició en el primer lloc, destacat. Tot anava com una seda, em divertia i els temps sortien amb una facilitat sorprenent. L'últim dia es disputava la cursa de motocròs. No era la meva especialitat, però confiava cegament que ho faria bé. Anava el primer quan, en sortir d'un salt, la moto em va llançar a terra. Al final, malgrat l'avantatge acumulat a les proves anteriors, vaig perdre per catorze segons i va vèncer el meu gran rival d'aquell moment, l'italià Gianmarco Rossi. Com si fos un adolescent despitat, la tristor se'm va apoderar i el desànim es va convertir en un company inesperat. Vaig romandre tres mesos sense a penes sortir de la meva cambra, mentre em repetia una vegada i una altra que mai més no tornaria a la competició internacional.

No recordo com vaig aconseguir sortir de la foscor per tornar a la llum. Els dies van passar i la normalitat s'instal·là novament a la meva vida. El cert és que ningú no sap mai com aconsegueix fer front a una depressió. El temps, aquest jutge amic i confident, se n'ocupa, d'acabar amb totes les pors i de fer-te més fort.

La segona gran ensopegada fou en un campionat d'Europa. A la darrera cursa, m'hi jugava el títol als daus amb Marc Puigdemont, un pilot de Girona que era amic meu, per bé que la rivalitat sempre es tradueix en petites friccions. Em va guanyar. I ho va fer bé, senzillament va ser millor que jo a l'enfrontament final celebrat a terres franceses, després d'un certamen en què vam barrejar victòries i derrotes com en un *bloddy-mary*, però que no es podia assaborir fins al final. No vaig tornar a disputar cap prova d'enduro fora d'Espanya.

L'any següent va arribar el fitxatge per KTM. Una conversa dins la meva furgoneta a terres andaluses ho va capgirar tot. A poc a poc recorria el camí d'un somni pel qual calia lluitar molt i comptar amb ajuda. I alguns van estar al meu costat des del primer minut del partit, com Ara Lleida, la marca del turisme lleidatà, que sempre m'ha donat suport i a qui he d'agrair l'esforç i la confiança que va tenir perquè un dels seus paisans portés el nom de la província per tot el món.

Ho tenia tot, un contracte, una professió i... un negoci familiar per atendre. Encara havia de compaginar les curses amb el restaurant. En més d'una ocasió, el cap de setmana que se celebrava l'Enduro del Segre, el pilot guanyador era qui servia el dinar a algun dels seus rivals, i fins i tot el sopar de la vigília. El mateix dia de la prova disputava la crono i de vegades tornava a casa per treballar després de la victòria. És curiós que tothom que ha tingut un restaurant familiar en diu «casa», d'aquell lloc, i és que durant molt de temps ho va ser de veritat, i potser sempre serà casa meva.

A la meva família no hi ha antecedents en el món del motor. El cert és que tampoc no s'hi van implicar de manera especial durant la meva participació en el motociclisme en proves nacionals i internacionals. Els meus germans, sobretot en Francesc, han estat en algunes curses, però el meu pare, en Josep, que va morir l'any 2006 a causa de les complicacions d'una malaltia que va ser, com totes, llarga i difícil, solament em va veure un cop competir en una cursa, tot i que a ell sempre el feia sentir orgullós que el seu fill guanyés.

Em va venir a veure una de les primeres vegades que vaig competir a l'Enduro del Segre. Quan vaig arribar a casa, el vaig trobar molt neguitós. Em va dir que mai més no tornaria a venir-me a veure, i que algun dia em faria mal de debò. «És impossible anar així de de pressa pels camins», em va dir amb duresa i amb la lluïssor als ulls dels qui es creuen en possessió de la raó. I no anava errat aquell qui em va donar la vida.

Com a mínim ell em va venir a veure un cop, però la dona que em va dur a les seves entranyes mai no va voler veure'm en cap cursa. A ella li era igual, i no volia entendre paraules com *triomf*, *glòria* o *èxit*. L'únic que demanava era que no em passés res, i només anhelava rebre la trucada en què li diguessin que jo estava bé. Patia molt per mi, i ho continua fent. Molt abans de l'accident, d'aquell instant en què vaig deixar d'anar amb moto, concretament un dia abans de dirigir-me al Dakar, em va fer seure en una cadira del restaurant, em va agafar la mà i em va dir, amb aquella veu que només tenen les mares, barreja d'il·lusió, amargor i angoixa que destrossa el cor: «Fill, encara has de muntar amb moto?».

DE LA FURGONETA AL DAKAR

Carpe diem quam minimum credula postero (aprofita el moment, no confiïs en l'endemà).

HORACI, *Odes*

Arran d'una avaria i una xerrada entre els amics, i a causa de la pesca al riu Segre, així va sorgir el somni del Dakar. L'última cursa del Campionat d'Espanya d'enduro es disputava a Granada i fins a la ciutat andalusa de l'encís ens en vam anar Nani Roma i jo amb la meva DAF, mentre que Miki Arpa hi anava amb una altra furgoneta. Aquell any formava part de l'equip KTM d'enduro a la categoria de 125 cc, Arpa corria en 250 cc i el gegantí Joan era l'home de la quatre temps.

Quan passàvem per la localitat murciana de Puerto Lumbreras es va trencar el canvi de marxes de la furgoneta, al bell mig de l'autovia. En Nani va baixar la seva moto de competició i se'n va anar amb la KTM fins a Granada, mentre que jo vaig carregar els trastos a la d'en Miki. Aquell va ser un gran any. Tenia vint-i-quatre anys, érem els millors i ens ho passàvem d'allò més bé. Vam guanyar les tres curses.

De tornada, vam anar a recollir la furgoneta, vam prendre unes cerveses amb la gent del Moto Club d'allí i vam emprendre el camí cap a Barcelona. Érem joves, però teníem les idees molt clares. I llavors, enmig de la conversa que manteníem Nani Roma i jo, algú va pronunciar la paraula màgica, el somni de molts, la cursa que va néixer d'un deliri amb nom de ciutat del caos: Dakar.

En Nani ja hi havia anat dos anys i intentava explicar-me la màgia de la cursa i també em deia que era la gran oportunitat perquè tot canviés, i que havia d'aprofitar-la. Des de fora, aquesta prova es veu com l'ocasió de passar de la furgoneta a l'avió, per aconseguir fer-se plenament professional. No és el mateix córrer enduros que raids. Si en una cursa com el Dakar ho fas bé, pots dedicar-te de veritat a aquest esport. Havia corregut en dues ocasions la Baixa Espanya, m'agrada la filosofia dels raids africans. A més, ja havia experimentat dues grans dissorts a la meva carrera a l'enduro i volia ser-hi, en aquella famosa competició de quinze dies de durada, amb centenars de quilòmetres a cada jornada. Vaig pensar que segur que me'n sortiria, que si la prova era dura i calia lluitar, de fet era el que jo havia fet tota la meva vida. Volia anar a l'Àfrica. En Nani em va convèncer, però jo no li ho vaig posar gens difícil.

«Has de venir, Isidre, és una cursa increïble. Molt més del que et pugui semblar des de fora. A més, és la teva gran oportunitat per ser "algú" en el món del motor», em deia el de Folgueroles amb passió i una brillantor especials als ulls.

«Però és impossible. Si ja és complicat aconseguir pressupost per fer la temporada d'enduro! Com vols que reuneixi els deu milions de pessetes que val anar al Dakar?», li responia jo, resignat.

«Com a mínim, intenta-ho. Segur que trobaràs la manera d'aconseguir els diners. El Dakar és una cosa diferent de tot el que coneixes, Isidre, fes-me cas», continuava en Nani, animant-me a participar en una cursa que el va fer entrar a la història del motociclisme com el primer espanyol en aconseguir la victòria. Ho assolí l'any 2004 i vaig tenir la sort de ser el seu company d'equip. Però aquesta és una altra història.

En acabat, després de força xerrameca, se'm va ocórrer el que podria ser la solució: tenia nom d'atleta, una immobiliària de Lleida, anomenada Fincas Farré, molts contactes i la confiança dels grans, l'ingredient imprescindible per assolir l'èxit.

«Saps què, Nani? A Oliana hi havia un senyor aficionat a la pesca que anava tot sovint a dinar al restaurant i sempre em parlava del Dakar. Quan hi vagi, aniré a veure'l. Es diu José Luis González i és l'amo de Fincas Farré.»

I així ho vaig fer. Vaig aconseguir el seu telèfon i vam quedar per veure'ns un dia. En aquell moment, encara no era el meu amic, només el coneixia de trobar-lo al restaurant, però el veia com la meva taula de salvació. Així que em vaig presentar a les oficines de Fincas Farré, a l'avinguda Blondel de la capital de la comarca, amb l'entusiasme escrit als ulls i els nervis a les cames, que no paraven quietes. Vam dinar plegats en un establiment proper: bon menjar, millor vi i molt de respecte. Érem al novembre, faltaven menys de dos mesos perquè es donés el tret de sortida a París i hi havia molta feina. La paraula *impossible* rondava el meu cap. En un moment determinat vaig pensar que era una bajanada, que no havíem d'haver-nos trobat, que no es podia fer de cap manera, que era una utopia construir una estructura per córrer aquella prova en menys de dos mesos: inscripcions, patrocinadors, motos... Impossible. Però la vida em va demostrar un cop més que el significat d'aquesta paraula es pot diluir com la sorra del desert entre les mans.

«Vols anar-hi?», em va preguntar al final del dinar, després de parlar de moltes coses, fent lliscar cada mot com si res, com si plantejar-se reptes formés part de la seva vida quotidiana.

«És clar que sí», vaig respondre sense dubtar-ho. Era evident que era allí per a allò, però era ben complicat de plantejar-li-ho.

«Hi anirem.» Això és el que va dir aquell home de mirada imponent. I en aquell moment va començar l'aventura del Dakar.

«Però només falten dos mesos», li vaig respondre, incrèdul del que estava sentint.

«Hi anirem», va repetir, rotund. I no va afegir-hi res més.

José Luis González, una persona d'una estatura considerable i una voluntat construïda amb espases toledanes, tenia un extraordinari poder de convicció i la seguretat en ell mateix pròpia d'aquells a qui la vida els ha retornat el somriure, no sense que ells, abans, comencessin el joc de la seducció; d'aquells a qui ningú, i encara menys l'atzar, els ha regalat res.

Aquell dia es va iniciar un viatge que va durar quatre anys, un temps en què vaig passar del no-res al tot, de ser un jove espanyol novell, que no havia vist la sorra del desert ni tan sols en un documental de La 2, a ser un dels bons, un d'aquells pilots que tenen la capacitat de guanyar l'aventura del Dakar.

El pressupost era una lluita constant de la qual sempre sortíem victoriosos. Vam aconseguir fins a vint empreses unides només pel nom de Lleida i una il·lusió que ho arrasava tot com una riuada. L'últim any vam aconseguir reunir catorze milions de pessetes en un projecte increïble que incloïa el Campionat d'Espanya d'enduro, el de ral·lis TT, dos raids del Mundial a Tunísia i el Marroc, i, per acabar, el Dakar. En aquella època, Jordi Arcarons, Óscar Gallardo i Carlos Sotelo eren els referents espanyols a la prova africana. Aquell dia, durant el dinar amb en José Luis, només havia començat a somiar a entrar en aquell trèvol, solament era un aspirant a la glòria, un èxit que molts em van ajudar a assolir, però que ningú no em va regalar, sinó que vaig aconseguir gràcies a un esforç immens i una petita dosi de talent.

Els dos mesos posteriors al dinar de Lleida van ser molt intensos: reunions, dinars, sopars, més reunions, rodes de premsa, etc. No vaig poder entrenar ni un sol dia, però m'era igual. No em preocupava perquè intuïa que en aquells moments s'estava construint el meu destí. Aniria al Dakar, aquella cursa de què tant parlava Nani Roma, que dictava aventures i llegendes d'homes blaus amagats rere la lluna.

DESPERTAR AL LLAC ROSA

«Si es bueno vivir, todavía es mejor soñar y lo mejor de todo, despertar.»

ANTONIO MACHADO

Vaig entrar a la cuina del restaurant amb el somriure etern que m'havien regalat a l'Àfrica, com una lleugera ombra de qui se n'havia anat d'Oliana feia vint dies. Vaig rebre l'abraçada emocionada del meu germà Jaume, que estava ocupat entre les paelles, i l'esguard net i reservat d'una dona treballadora. Ella, la que m'havia donat la vida, no em deia res, no se m'acostava, però els seus ulls sincers seguien el meu cos passejant entre les boires de la memòria. En Francesc s'hi va acostar: «No li dius res, a l'Isidre, mare?». Llavors, la Ramona va obrir els braços per acollir-hi el fill que se n'havia anat a terres estranyes. «Veure, conèixer món, aprendre... —em deia sempre el meu pare—, no hi ha una universitat més bona que els viatges, que la vida construïda més enllà del lloc que et va veure néixer.» Era el 18 de gener de 1998, acabava de tornar del meu primer París-Dakar i la meva pròpia mare no em reconeixia amb el meu nou aspecte. Havia perdut nou quilos en l'aventura més gran de la meva petita història. Aquest va ser el final del principi, el moment del retorn d'una travessia que començà el primer dia d'un any màgic. Havia viscut aventures i havia conegut la veritable llibertat mirant l'horitzó entre les dunes del desert.

A aquell primer Dakar hi vaig arribar després de sortir il·lès i amb èxit de la primera aventura del trajecte, la de preparar l'equip, negociar amb els patrocinadors i aconseguir els diners necessaris per fer realitat un somni. És estrany que per a gairebé tots els desitjos de la vida sigui necessari el vil metall. Amb tot el necessari a la motxilla, havia sortit d'entre les muntanyes dels Pirineus amb destinació a París, primer, a les dunes del desert, després, i a la platja de Dakar, finalment.

En aquella ocasió, la cursa començava a la ciutat que l'ha fet famosa. Les llums de la capital francesa ens esperaven i fins allí vaig arribar amb la meva furgoneta, Gonzalo Gil, que havia completat la prova africana el 1991 amb el primer projecte de Lleida amb cotxe, i el meu mecànic, David Palmada, de KTM. La situació no era gens fàcil i solament el nostre extraordinari sentit del humor —a més d'un ben desenvolupat coneixement de la realitat— ens va permetre sobreviure el primer dia de cursa.

Aquell Dakar s'iniciava als jardins de Versalles. Tanta bellesa em colpia. Càmera, llums, acció. Començà la batalla mediàtica. Això va ser la primera cosa que em va sorprendre: ràdios, televisions, diaris pertot arreu i gent, molta gent. Mai no havia vist res de semblant, ni a la competició més important d'enduro. Era una altra història, un altre món en el qual em sentia com un tauró en aigua dolça; era el meu ecosistema, però no aconseguia acostumar-m'hi. Allí hi havia José Luis González amb una bona colla dels patrocinadors, animant-me: «Tranquil, Isidre. Creiem en tu, ànim, molt d'ànim. I endavant, sempre endavant». «Hi anirem», m'havia dit, i allí érem.

Vam sortir de Versalles a les quatre de la matinada amb destinació a La Châtre. S'havia de passar per París, recorrent la ciutat per la perifèria. I el Dakar em va donar el primer avís abans de sortir de França. Mai no havia vist un GPS ni tenia la més remota idea de quina era la utilitat exacta d'un *road book*, però estava ple a vessar d'il·lusió, tan que no temia res. I això em va servir... per perdre'm el primer dia. A les cinc de la matinada era amb la meva moto al centre de París, com si fos un turista espacial, veient de ben a prop la silueta màgica de la torre Eiffel, els meravellosos Camps Elisis, gaudint d'un moment únic amb les venes a punt de rebentar per la tensió. Al final, després de preguntar a diversos exemplars de la nit parisenca, vaig aconseguir sortir a la carretera i amb la llum del dia aparèixer a la línia de sortida. Solament quedaven deu pilots per córrer, ja que se sortia per ordre invers. A la llunyania vaig veure Nani Roma: «Què fas? D'on has sortir, noi?», em va etzibar amb el seu marcat accent vigatà. El meu amic només va rebre un encongiment d'espatlles com a resposta i la pena escrita en lletres de neó a la meva mirada. Em van posar deu hores de penalització i vaig començar la segona etapa en el lloc 180. Llavors va arribar José Luis González i em va dir: «No t'amoïnis, Isidre, l'important és arribar, només això. Tranquil». Després, Gonzalo Gil, que també ens redactava les notes de premsa (érem un equip humil, però teníem de tot), em va aconsellar: «Dosificació, Isidre, només això. Dosificació i tranquil·litat».

En aquell moment, jo posseïa la tècnica d'anar amb moto, però res més. Desconeixia la resta i, per descomptat, les meves nocions de navegació, una cosa vital en el Dakar eren equivalents a allò que un bebè pot saber de literatura xinesa. França és la mare pàtria del raid i allí tot és magnífic, grandiós. La gent surt al carrer a rebre els pilots i forma una imatge que fa recordar els moments més bons de la muntanya en el Tour ciclista. A cada poble que passàvem hi havia un podi i ens hi feien pujar, així que durant uns minuts tots ens sentíem una mica campions.

La primera etapa a Espanya va ser un èxit. Era la tercera especial del Dakar, després de la de París i Narbona, i es disputava a Almeria. Vaig acabar vuitè. Aquell va ser el primer i potser l'únic dia de la primera cursa del desert en què vaig poder anar al màxim, per bé que en tot moment recordava les paraules d'en José Luis: «S'ha d'arribar, Isidre, com sigui. L'objectiu és arribar». I per això vaig lluitar.

La nit al vaixell rumb a l'Àfrica, travessant l'estret amb unes onades immenses que ens envoltaven, va ser tremenda. Cada vegada que veig els immigrants que es juguen la vida en una pastera creuant des del Marroc fins a Espanya per aquelles aigües, penso en la seva desesperació i en la manera que deixen la vida en mans de l'atzar a la cerca d'un futur que tants cops es trenca fet miques com les estelles de fusta en les seves pasteres. Aquella nit s'havien d'introduir tots els punts de pas en el GPS, d'un a un, i aquesta tasca era força més complicada que ara. Quan ja estava a punt de tornar-me boig sense saber com fer-ho, un pilot espanyol, un noi d'Almeria que em coneixia de l'enduro, se m'apropà: «Tu ets l'Isidre, oi?». Gràcies a la seva ajuda, vaig poder introduir en aquell aparell infernal tots els controls de pas en una nit en la qual vaig dormir alguns minuts.

El cansament és sinònim del Dakar, arriba progressivament, i al final només l'entusiasme i l'esperit de superació, la proximitat de la gesta, fan que es pugui arribar a la meta com si fos un miracle. Des del primer dia la sensació d'esgotament et fa saber que els límits estan molt més enllà del que pensem immersos en la nostra comoditat del primer món. Jo això encara no ho sabia i aquell primer any ja era prop del col·lapse abans d'arribar al lloc que ha fet gran una cursa de llegenda.

Tot canvia quan s'arriba a l'Àfrica. El temps sembla haver-se detingut i se sent una cosa estranya, especial. Tot canvia i, en el continent oblidat, aquesta competició de bojos comença a semblar una cursa màgica. Per fi coneixia el campament del Dakar, aquella increïble *ciutat itinerant* que recorre països i territoris deixant la seva estela. Quan vaig arribar, m'hi vaig trobar Fabrizio Meoni assegut a terra, menjant un plat de pasta amb carn de procedència dubtosa. Al cap de poca estona el vaig veure muntant la seva tenda de campanya. Dos minuts després ja tenia el sac de dormir desplegat al damunt de la que durant tot el raid va esdevenir casa seva. Em sentia perdut. Nani Roma em va dur de la mà com una mare al seu fill el primer dia d'escola. L'organització ens va dir que érem en un aeroport, a pesar que només s'hi veia una pista envoltada de terra per totes bandes i una petita «torre de control». Ens trobàvem al Marroc. Abans d'anar-hi, creia que el país veí estava més a prop d'Europa, però el seu lloc encara era —i semblava que per molt de temps— al llindar del Tercer Món. I així serà mentre els seus reis continuïn sent solament això i es gastin els diners per repoblar el Sàhara Occidental o per construir una mesquita immensa, en comptes d'assimilar que hi ha una cosa que es diu democràcia més enllà de les seves fronteres.

Com que desconeixia els secrets de la navegació, els primers dies al Marroc vaig seguir una tàctica tan senzilla com complicada, ja que es tractava de seguir el rastre d'altres pilots, cosa que va fer que em perdés més d'un cop.

En aquella època, al migdia no es prenia res, només se sopava, i no gaire, una mica de formatge, alguna cosa freda... Resultava poca cosa per a jornades de més de mil quilòmetres. En una de les primeres etapes marroquines, amb l'especial ja acabada, anava tranquil·lament ben a prop de l'arribada a Er Rachidia, un indret on el fred de l'Atles domina la nit i de dia la calor et fa bullir la sang. De sobte, ja dins la ciutat, vaig veure la moto de Jordi Arcarons estesa al costat d'una caseta que semblava abandonada. Vaig accelerar i en arribar-hi vaig començar a cridar el nom d'un dels més grans veterans de la prova. No vaig obtenir cap resposta. Després de pensar-ho molt, em vaig decidir a mirar per una petita escletxa que hi havia a la paret de tova, i allí hi havia qui després seria el cap del meu equip en una gran taula, completament sol, menjant alguna cosa amb un estri semblant a una cullera.

«Què passa, Jordi? Et trobes bé? Et passa res?», li vaig preguntar amb el cor encongit de por i colpejant-me amb força el pit.

«No res, no res. Estic bé. Que has pres alguna cosa?» Parlava amb la tranquil·litat de qui coneix perfectament un lloc tan hostil (m'atreviria a dir que en Jordi es maneja més bé en el desert que en el metro de Barcelona). Llavors vaig deixar la moto al costat de la seva. Va ser un dels dies que vaig menjar millor de tota la cursa fins a arribar a Dakar.

La primera etapa a Mauritània era del tòpic: «Ara comença

el veritable Dakar». Una frase que acostumem a dir als periodistes i que alguns repeteixen com lloros de Tenerife en les seves cròniques any rere any. Carlos Mas, que havia estat a punt de guanyar feia pocs anys amb la seva fantàstica moto vermella de Camper, era llavors el mànager de l'anomenat Objectiu Dakar, en el qual tots els pilots portaven una Honda XR. Em coneixia de l'enduro, com tanta altra gent en aquella estranya cursa. Alguns em donaven consells gratuïtament, sense que jo els ho demanés. Així doncs, en Mas, amb la veu tranquil·la i el semblant dur, propi de qui ja havia passat abans per aquella experiència, em va advertir: «Isidre, demà l'etapa és molt complexa. Les dunes són increïbles. Però tranquil, que de mica en mica les podràs dominar. Eh? No t'has de desanimar ni defallir, però veuràs com n'és de dur. Tu vés amb compte, val?».

Ens esperaven tres dies d'etapes marató, és a dir, sense cap possibilitat d'assistència mecànica. Es començava a l'al-A'yun i s'havien de recórrer 750 quilòmetres. Vaig sortir molt d'hora, gairebé de matinada, expectant per saber què s'amagava rere el desconegut. En el fons pensava que no n'hi havia per a tant, que tots aquells veterans que m'advertien de la duresa de la prova d'aquell dia només pretenien tranquil·litzar-me. Jo venia de l'enduro i encara no m'havia acostumat al ritme dels raids. M'equivocava.

És negra nit a Mauritània. El soroll dels avions em desperta, la tenda de campanya quasi vola enredada entre les hèlixs d'aquells aparells monstruosos (algun fins i tot sembla sortit d'una pel·lícula de la Segona Guerra Mundial). Em mullo una mica la cara, prenc un cafè, un tros de formatge, i pujo a la moto. El sol surt tímidament, llunyà, a l'horitzó. Són les sis del matí quan es dóna el tret de sortida. Uns quilòmetres més enllà, on no existeix res semblant a la civilització, conec el que és la maleïda «herba de camell». És gairebé impossible continuar, el meu cos s'ha introduït en una batedora, sotragades i més sotragades, l'estómac em crema. Surto d'aquest suplici i arriben, amenaçadores, com si no volguessin que ningú entrés als seus dominis, les mestresses del desert. Dunes enormes que s'han format durant segles, acaronades pel vent de vegades, colpejades amb fúria per les tempestes de sorra en ocasions, dunes capaces d'atrapar una vida per sempre. Hi entro una vegada i una altra, però la pesant KTM es queda atrapada entre la sorra fina, talment com un gra d'arròs en una pila de sucre. En aquella època les motos no duien sistema elèctric d'engegada, i cada vegada que la moto queia abatuda en la seva lluita contra la natura havia de treure-la de la tomba provisional i tornar-la a engegar clavant puntades de peu al pedal d'arrencada. De vegades tardava mitja hora a aconseguir-ho. En una ocasió, em va ser impossible aixecar la moto amb la meva escassa estatura, però van arribar dos amics de l'organització i em van donar un cop de mà.

El fet és que em vaig treure el casc, vaig posar el cavallet a la moto, que s'enfonsava a la sorra, i vaig caure a terra. Llavors vaig mirar al meu davant i vaig poder comprovar l'encert de qui es va inventar la metàfora «mar de dunes». No hi havia ningú, només el silenci, el desert i un aprenent de pilot i d'home estès a terra, a la sorra, que pensava en un perfecte català d'Oliana: «Com pot ser? Caram, això sí que n'és, de dur!». Aquell dia vaig conèixer el Dakar. Eren les dotze del migdia, havia sortit a les sis del matí i havia recorregut 120 quilòmetres... i l'etapa en tenia 750. El cap em deia que era impossible, que no podria acabar aquella especial. Jo no sabia que les dunes s'acabaven i que després tornaven al cap d'un temps. Creia que tota l'etapa, tot el que encara em quedava, serien dunes i més dunes enormes, gegantines com els Encantats d'Aigüestortes, muntanyes de dunes que em semblaven inacabables.

Un helicòpter mèdic de l'organització m'ofereix ajuda, creuen que abandonaré. Els dic que no, que segueixin, que jo també els seguiré. Enganyo la meva ment, i en un segon, com en una d'aquelles pel·lícules de final feliç en què l'heroi retorna dels inferns mentre sona la música i tot s'alenteix, m'aixeco, em poso el casc i continuo.

Vaig arribar a Taudeni a les nou del vespre. Només hi havia vuit motos. Quan me'n vaig anar a descansar a l'empara del meu sac eren dos quarts de dotze i solament hi havien arribat quinze motos, dos cotxes i el camió d'assistència de Stephane Peterhansel. A les sis del matí de l'endemà no n'hi havia gaires més. Aquella nit, el desert, el fred i la soledat havien estat el llit de molts somniadors d'aventures.

Després vam arribar a El Mereti, una etapa més d'esforç, sacrifici i molt cansament. L'etapa següent acabava en el temible poble de Gao. Mil quilòmetres fins a arribar-hi. Vaig tornar a arribar de nit, i vaig tenir por. A l'obscuritat dels llocs perduts de Mauritània s'hi veuen grups de bandolers que intenten aturarte. Més d'un cop vaig anar més de pressa per fugir-ne, més de pressa del que em demanava la mateixa disputa de l'especial. Era la meva primera visita a l'Àfrica. Després de l'etapa de descans, una banda d'algerians armats amb fusells d'assalt kalaixnikov, venuts a la seva pàtria per l'extinta Unió Soviètica, van robar vuit cotxes, una moto i un camió. En un dels cotxes, hi viatjava Rafa Santiveri, el patró de la marca de nutrició saludable, que per uns moments va comprovar que poc que val una vida humana en alguns paratges de l'Àfrica. Al final, els van ficar a tots dalt d'un camió després de desplomar-los.

Aquell any coneixia poca gent al Dakar, però al desert les lleis de la solidaritat t'obliguen a fer amics entre la sorra. Llavors, Carlo de Gavardo tenia un nivell similar al meu i fèiem plegats algunes especials. Poc abans del final de la cursa ens vam perdre. A la vora d'on érem hi havia dues petites construccions de tova que no mereixien anomenar-se cases i davant dels nostres ulls un enorme carreró de dunes, sorra i més sorra fina i blanca com pólvores de talc. Vam parar i vam comprovar que ens trobàvem molt lluny del lloc on hauríem hagut de ser. Malgrat tot, el GPS ens indicava que havíem de seguir en línia recta. Va arribar un altre pilot alemany i entre tots tres vam decidir que les dunes eren l'únic camí. Gas a fons i a per elles! Una vegada rere l'altra ens hi quedàvem atrapats, una vegada rere l'altra les potents KTM s'enfrontaven al poder de la natura i la nostra moral anava ensorrant-se fins al centre de la Terra. En aquell moment en què la bogeria estava a punt d'envair les nostres ments, el pilot xilè va llançar la moto a terra, la va deixar que s'enterrés entre la sorra, es va treure el casc, el va llançar, es va descordar la bragueta dels pantalons i va començar a orinar sobre la seva KTM. «A la porta del forn es crema el pa», em va dir amb aquella increïble tranquil·litat que dóna el fet d'haver conegut la desesperació. Quan li vaig demanar, escandalitzat, què pretenia amb aquella actitud, vaig quedar sorprès per la seva resposta plena de calma. «En aquest lloc perdut se'ns acaba la cursa, que no ho veus? Estem a punt d'arribar a Dakar i ens quedem sense somni. No tenim benzina. És impossible. D'aquí no en sortirem», va continuar Carlo. Però ho vam aconseguir i aquella nit vam celebrar la nostra sort i vam saber que aquell any, en el meu primer Dakar, coneixeria les aigües del llac Rosa.

Aquell any màgic amb prou feines dormia una mica. De vegades em quedava amb el cap acotat, a tocar de la sorra, mentre feia el *road book,* i Gonzalo Gil l'havia d'acabar per mi. Altres vegades només pintava els perills. Vaig passar por, vaig tenir fred i calor. Una nit ens vam poder dutxar durant la jornada de descans perquè el pare de Carlo de Gavardo va localitzar una *ville*, el nom fals i ostentós que a Mauritània donen a una casa petita de canyissa. Fins i tot vam tastar la cuina local tradicional. A Tombuctú, un indret extraordinari i molt pobre, hi vam trobar un restaurant amb un futbolí a la vora del riu. Allí vam estar jugant diversos pilots, traslladats per uns moments a uns billars del barri de Vallecas de Madrid. En acabat, vam menjar un plat de pasta estranya i una mica de pollastre; aquell animal devia haver corregut la marató, perquè només hi havia ossos i pell. Però en aquells moments ens va semblar que aquella casa de tova i canyís era d'alt d'un penya-segat de la Costa Brava, regentada per Ferran Adrià.

Vaig patir molt, però hi ha moments que valen tota una vida i el de l'arribada a Dakar va ser-ne un. L'hotel Le Meridien President, Ponte des Almadies BP 8181, de Dakar, és una obra d'art de l'arquitectura residencial en una ciutat on els joves cada dia marxen de casa seva sense acomiadar-se de les seves mares per no plorar, on es poden veure dones negres molt maques de vint anys de bracet de senyors francesos —que de ben segur no compliran els setanta— a la piscina de la vora del mar. Aquest edifici fou construït per ordre del rei Fahd d'Aràbia Saudita, i aquí cada any hi finalitza el Dakar. Aquest lloc de vegades incomprensible, però sempre únic, ple de contrastos i descans dels herois, representa l'indret on tothom vol arribar. Hi ha molts moments que no oblidaré mai, que sempre restaran a la meva memòria en el calaix on guardo el millor de la meva vida. Mentre dins el meu casc les llàgrimes lliscaven sense treva confonent el meu rostre somrient amb una ganyota de dolor, els taxistes senegalesos es barallaven per una turista anglesa i a la llunyania, a la mateixa entrada de l'hotel, José Luis González, la persona sense la qual el meu somni mai no hauria estat una realitat, aplaudia amb una colla de lleidatans com si estiguessin en el millor dels teatres.

L'endemà era l'arribada al llac Rosa. No m'ho podia creure. Durant el lliurament dels premis, quan Stephane Peterhansel tornava a guanyar una cursa que semblava feta expressament per a ell, m'estava refrescant al costat de la meva gent, amb qui durant aquells dies havia compartit tantes coses, i de sobte algú em va tocar l'espatlla: «Isidre, que han dit el teu nom». No m'ho podia creure. Tanmateix, Hubert Auriol, en aquell moment organitzador de la prova i l'únic home que l'havia guanyat amb cotxes i motos, va repetir: «Esteve Pujol, si us plau, vingui al podi». Ho va haver de repetir tres cops fins que per fi vaig sentir: «Esteve Pujol, d'Espanya, guardó al millor debutant». Havia quedat catorzè, però tenia un premi. Era l'home més feliç de la Terra. Aquella nit ho vam celebrar en un restaurant de Dakar. Era feliç. Havia acabat l'aventura.

Quan vaig tornar a casa vaig sentir que era una persona millor i vaig decidir que mai més no tornaria a queixar-me. Tal com diu un amic meu, pel mateix preu, en comptes de néixer a Espanya hauria pogut néixer a qualsevol lloc de Mauritània o del Senegal. No, no tenia —ni tinc— cap dret de queixar-me. Sóc una persona afortunada, sempre ho diré. Perquè és veritat.

Havia aconseguit un somni i rere meu quedaven les dunes i el desert, fred, calor i esforç. Tornava a casa, per bé que en arribar-hi, amb nou quilos oblidats a l'Àfrica, ni tan sols em va reconèixer la dona que m'havia donat la vida.

EN UNA TAULA DE MAURITÀNIA

«Un home que no arrisca res per les seves idees, o no valen res les seves idees, o no val res l'home.»

PLATÓ

Kiffa és un lloc maleït en el Dakar. L'any 2005, de camí d'una estranya ciutat del desert maurità, rodava rere el gran Fabrizio Meoni, quan, de sobte, vaig veure com l'italià es colpejava contra el manillar de la moto. No hi vaig donar gaire importància fins que em vaig aturar al seu costat i vaig comprovar que l'ídol convertit en company no es movia. Va arribar Marc Coma i en creuar les nostres mirades vam saber que la mort havia visitat el geni. Meoni va morir aquell dimarts 11 de gener mentre acomplia el seu somni. Era el seu tretzè Dakar, i abans de sortir de casa seva havia jurat a la seva esposa que aquell seria l'últim. Fabrizio no va tornar al Dakar i es va convertir en la víctima mortal número quaranta-sis de la mítica cursa. Meoni era un italià paradigmàtic, gran conversador, defensor de les causes perdudes que ell insistia a trobar, aventurer i bona persona, noble fins a l'extenuació, amable, humil i un gran campió, que havia guanyat el Dakar en dues ocasions, el 2001 i el 2002.

Quan se'n va anar tenia quaranta-set anys i era segon a la classificació general d'aquell any. Amb la seva marxa es va saber que sostenia amb els seus diners i el seu esforç una escola a Dakar on ajudava els nens senegalesos a sortir de la pobresa. Així es fa una obra benèfica, amb la satisfacció clavada a l'ànima.

L'etapa següent no es va disputar i la tristesa va planar fins al final d'aquell Dakar, en el qual jo vaig estar a punt de pujar al podi després d'una darrera etapa en què em vaig jugar tot el que tenia per passar l'excèntric sud-africà Alfie Cox, que finalment va ser tercer per darrere de Coma, que va quedar segon, i Despres, que aquell any va guanyar el seu primer Dakar. Va ser el meu últim any amb l'equip Repsol KTM, una esquadra a la qual havia arribat feia tres temporades.

Al cap d'un any, Etienne Lavigne, el director del Dakar, va tornar a comparèixer a la sala de premsa de Kiffa amb la mort escrita al vidre de les ulleres fosques, i el silenci va glaçar el campament: un altre pilot mort. Andy Caldecott, un australià de quaranta-un anys que havia guanyat diverses etapes de la prova africana, es va deixar la vida al desert, de nou camí de Kiffa, un lloc perdut en el més recòndit d'aquest planeta, on l'aire és pols i la sorra es fica fins en un tatuatge d'amor, on res no és el que sembla i els miratges es converteixen en deshidratacions. Pocs dies abans, l'Andy estava tranquil·lament a la seva casa de camp dels antípodes quan va sonar el telèfon i la seva esposa li va dir que era Jordi Arcarons. El petit català li oferia substituir el lesionat Jordi Durán, i Caldecott no ho va dubtar. En conèixer la notícia, la seva esposa s'entristí molt, però li va quedar el consol de pensar que el seu marit havia mort mentre acomplia el seu somni. Era veritat, i, tal com estan les coses actualment, si per alguna raó mereix la pena morir és per amor o per un somni.

El mateix dia que l'australià de la cua de cavall viatjava cap al cel, vaig rebre per primer cop la visita de la dama negra i solament un miracle em va permetre esquivar-ne la dalla. Va ser camí de Kiffa, en el desert maurità, el 9 de gener de 2006, en una etapa de terreny pedregós, ple de pols, sorra i trampes. Era segon a la general a poc més de sis minuts de Coma, que aquell any va guanyar el seu primer Dakar (i espero que encara en guanyi molts més, perquè s'ho mereix). M'havia proposat guanyar aquella especial, donar el cop d'efecte que em permetés arribar al més amunt possible i fer-li un regal a la meva moral, indispensable per guanyar a l'Àfrica. Aquell dia hi havia moltíssima pols en suspensió, una característica que també em va acompanyar el dia de l'accident que em relegà a una cadira de rodes a Almeria, i l'única manera d'avançar era sortint de la pista. Així ho vaig fer fins que de sobte va arribar el cop. Com sempre que succeeix un accident, sense cap mena d'avís, vaig passar d'anar dalt de la moto a trobar-me estès a terra. Res no em va fer mal, no vaig sentir res estrany. Em vaig aixecar i vaig tornar a pilotar la meva KTM en el desert, el que a l'Àfrica en diuen *hamada*, i que no és el de les postals amb dunes daurades, sinó el que ha pintat el continent de misèria, ple a vessar de terra i pedres petites com còdols del mal. Uns trenta quilòmetres més enllà vaig tornar a ensopegar. Perdia velocitat a poc a poc i sense adonar-me'n, però em vaig aixecar novament, amb dolors que no eren més intensos que en altres ocasions. Ho vaig tornar a intentar i el terra de sorra va tornar a ser el meu destí. A la vora hi havia David Casteu, el meu company a l'equip Gauloises i motxiller de luxe, que de seguida s'adonà que la situació era greu. Li vaig demanar que m'aboqués una mica d'aigua al cap, amb la qual cosa vaig reaccionar una mica i vaig poder tornar a la moto. Al cap de pocs quilòmetres vaig sentir que la calor inundava el meu cos, una calor intensa que em cremava per dins. Vaig notar que perdia la visió, però no era conscient que també estigués perdent la vida. Finalment, sense el casc i amb els ulls plens de llàgrimes per l'ocasió perduda, amb Casteu al meu costat, vam llançar la balisa i al cap de poca estona va arribar l'helicòpter mèdic. Mala sort, amic, mala sort.

Em van dur a la localitat més propera, on em van fer un examen d'urgència. Jo continuava sense saber què passava. Els metges van decidir traslladar-me a l'Hospital Nacional de l'extremament caòtica ciutat de Nouakchott, la capital de Mauritània, un dels països més pobres del món. En aquell hospital, mentre esperava l'informe dels metges en una sala buida i trista, va aparèixer un doctor de l'organització juntament amb altres mauritans. L'ordre era clara i contundent: m'havien d'operar i no podien esperar ni un segon. Vaig intentar que em duguessin a Barcelona o fins i tot a Las Palmas, i la resposta em va glaçar la sang: «Morirà abans no arribem a Espanya. L'hem d'operar ara mateix i aquí». Vaig tenir por, vaig témer per la meva vida, però tenia una oportunitat i havia d'aprofitar-la, malgrat que m'estigués jugant la meva existència als daus. O si més no, això és el que jo creia.

En aquell hospital, que a Espanya passaria per un ambulatori de barri, hi havia un anestesista francès i la resta de l'equip era de Mauritània. Amb tot, el cirurgià que em va operar va fer una feina perfecta. Així ho va confirmar el doctor Ángel Charte, de la clínica Dexeus de Barcelona, on em van traslladar l'endemà després que m'extirpessin la melsa a la taula d'operacions d'aquell humil quiròfan. En aquella taula, que semblava de cuina, un metge maurità em va salvar la vida.

A Barcelona vaig estar cinc dies a la unitat de vigilància intensiva i, després, em vaig haver d'acostumar a viure sense melsa, un òrgan sense el qual, afortunadament, es pot viure mantenint una bona qualitat de vida. No va ser gens fàcil i em va costar recuperar la forma física necessària per tornar a competir. Vaig tornar als deserts en el ral·li de Tunísia, puntuable per al Campionat del Món de raids, i vaig guanyar. Va ser una de les satisfaccions més grans de la meva vida, vèncer el destí i aparèixer com per art d'encanteri en el primer esglaó del podi, en una prova en què va debutar la KTM oficial amb la qual vaig participar a la següent edició del Dakar. Sempre m'havien agradat els raids del Mundial i he guanyat a Tunísia i el Marroc, entre d'altres, però la meva prova preferida sempre ha estat la Baixa Espanya-Aragó, que he guanyat en sis ocasions (sóc el pilot que més vegades ha aconseguit la victòria en el que es coneix com el Dakar d'Europa).

Abans de perdre la melsa en el desert i de tornar a conèixer el triomf, altres esdeveniments em van formar com a persona i com a pilot. Després de l'experiència amb l'equip Ara Lleida, va arribar la meva gran oportunitat, el fitxatge per Zenit, una empresa que organitzava un dels millors equips de la cursa. Els dos primers anys vam tenir el patrocini de Movistar i Repsol, i, a partir del 2005, només de l'empresa petroliera. La primera vegada vaig formar equip amb Jordi Arcarons i Nani Roma, dos dels millors de la història, malgrat que el primer mai no va guanyar el Dakar i el segon només ho va aconseguir un cop, tot i que podrien haver estat molts més. En aquella època la meva vida va fer un canvi radical: viatjava en avió i rodava anuncis realment espectaculars. El tercer any va entrar a l'equip un jove Marc Coma, que ja mirava amb ulls d'estrella durant la presentació al casino de Madrid, a la vora de la Puerta del Sol.

L'any 2003 vaig abandonar per primera vegada en el Dakar. Va ser el 9 de gener, a l'etapa entre Gaht i Sabha, a Líbia, el mateix dia que el japonès Kenjiro Shinozuka va patir un accident gravíssim després de volar durant deu metres quan va caure al buit en una duna amb el seu *pick-up* Nissan. En termes mecànics, aquell fou el meu pitjor Dakar: ocupava el lloc cent divuitè després de patir diverses avaries. A la primera, vaig estar cinc hores esperant el camió de l'assistència, aturant a tothom que s'acostava fins a la meva posició per si eren els del KTM, i quan finalment va arribar, gairebé passa de llarg i em deixa allí tirat. En acabat, el motor es va tornar a trencar i al camió l'únic motor que hi havia era el meu avariat la vigília. Érem en una etapa marató i els mecànics no tenien cap oportunitat d'arranjar el propulsor. L'abandonament era obligat. Vaig esperar, en una situació nova per a mi, quiet en el meu cercle de sorra, durant hores, l'arribada del cotxe escombra. Quan vaig pujar al camió em vaig sentir desolat. Em vaig instal·lar al costat d'altres pilots en una mena de baquet de competició molt incòmode. A cada duna, a cada sotragada, era com si el cel ens caigués al damunt. L'Astèrix i els seus gals no haurien volgut ser-hi.

Quan ja feia cinc hores que érem de viatge vam fer la primera parada. Amb el cansament acumulat, m'havia quedat endormiscat i em van despertar els crits d'un pilot japonès. Davant la fúria del nipó, vaig demanar al conductor què li passava a aquella mena d'energumen del país del sol naixent. El japonès no volia deixar allí la seva moto. Li havia costat molts diners i esforços poder anar al Dakar i comprar aquella màquina, i es negava a deixar que es podrís com un embull de ferralla entre les dunes. Volia pujar la moto al camió, però dins ja no hi cabia res més, així que repetia que si la seva muntura es quedava allí, ell també s'hi quedava. Els comissaris intentaven raonar amb ell quan de sobte se m'acudí una idea. «No hi ha cap moto que funcioni?», vaig demanar. «Sí, sí, és clar. Per exemple, allí hi ha una Honda XR de 400 cc d'un pilot italià que va perfectament, però el noi està esgotat. No pot continuar», em van respondre. «No se'n parli més.» Els vaig demanar que em baixessin la moto del camió després de demanar-ne permís a l'italià, que va respondre amb un «sí» escanyat, amb prou feines audible, i un gest afirmatiu amb el cap. El japonès va poder pujar al camió amb la seva moto i jo vaig sortir d'aquell infern nocturn de sorra. Havien transcorregut cinc hores i tot just havíem fet vint quilòmetres. Vaig muntar a l'Honda i a la primera duna una mica més i em trenco el cap. Vaig donar gas i més gas, però aquella moto quasi de sèrie no tenia ni les suspensions ni el motor adequat per anar cuita-corrents pel desert libi.

Finalment, vaig aconseguir arribar a Sabha i completar l'etapa que la meva KTM no m'havia deixat acabar. Quan vaig aparèixer al lloc on havia d'haver-hi el campament, poc després del migdia, només hi quedava un avió que estava a punt d'enlairar-se. Una comissària de l'organització es va espantar quan em va veure. «Però, Isidre, què has fet amb el pilot d'aquesta moto?», em va preguntar amb l'ànima als peus en comprovar que el meu dorsal era el 4 i la moto duia el número 125. Li ho vaig explicar tot i va quedar més tranquil·la, mentre jo aparcava en la mena de pista d'aterratge que hi havia allí la meva companya de viatge accidental, la dura Honda XR 400 cc. Em van donar una bossa que havia deixat l'equip i em van dir que aviat sortiria un avió que em trauria d'allí. Llavors van anar-se'n. En aquells moments, jo era l'únic occidental de la ciutat. Vaig preguntar a les oficines d'aquell aeroport maldestre i em van explicar en un francès rudimentari que un matí sortiria un avió cap a Trípoli. No em van dir quin matí seria.

Durant tres dies seguits vaig dirigir-me cada matí, a les vuit, a la torre de control de l'aeroport, i fins al quart dia no es va enlairar una avioneta d'hèlixs en la qual vaig aconseguir pujar amb destinació a la capital de Líbia. En arribar-hi, però, no va acabar l'odissea, sinó que el poeta Homer va continuar escrivint les aventures d'Esteve a l'Àfrica. Hi havia vaga de controladors i no sortien avions cap a Europa. Vaig haver d'hostatjar-me en un hotel i, en aquells moments, a sobre, encara no havia aconseguit parlar ni amb l'equip ni amb la meva família. La tecnologia punta encara no era amiga nostra. No duia diners en efectiu i a l'hotel no admetien targetes ni em volien retornar el passaport perquè pogués treure diners en un caixer. Finalment, vaig poder convèncer l'estrany àrab de la recepció i els vaig pagar.

Al cap d'uns dies, vaig aconseguir un vol cap a Londres. Quan vam aterrar a la capital britànica, hi feia un fred que pelava i jo només duia una samarreta de màniga curta, els pantalons de competició i la resta del vestit de pilot penjat del braç. Una mica més i em moro congelat. Al cap de poca estona vaig trobar un vol cap a Barcelona. Vaig tornar aquell mateix dia i a la nit arribava a Oliana. Quan vaig travessar la porta de casa, la meva família només sabia que havia trencat la moto a Líbia. Però des de llavors havia transcorregut una setmana. Set dies de viatge per l'Àfrica. Set dies vaig tardar a tornar a casa des del primer Dakar que no vaig aconseguir acabar al llac Rosa.

L'endemà, en Nani va abandonar després de caure en colpejar la seva moto contra una roca. Aquell any, l'únic de l'equip que va aconseguir acabar va ser un jove i talentós Marc Coma. L'any següent vam repetir l'esquadra i va arribar la primera victòria d'un pilot espanyol en la història del Dakar. Vam fer festa grossa i recordo que en Nani, que mai abans no havia acabat, em demanava, nerviós, per l'especial de l'últim dia al llac Rosa. El gegant català es mereixia aquell triomf. Havia de conèixer la glòria i ho va fer en l'únic Dakar que va aconseguir acabar. L'any següent es va passar als cotxes i jo vaig quedar quart, al caire d'un podi que mai no va voler acollir-me. Injustícies de la vida. O no.

L'any 2006 vaig deixar l'equip Repsol. Sentia que havia acabat una etapa i necessitava començar de nou. Aquell any vaig poder guanyar, o si més no disputar la victòria a en Marc, però la maledicció de Kiffa va caure sobre meu, per més que eludís la mort amb un driblatge. Aquell també fou el primer any que a la classificació del Dakar hi vam posar el nom d'Isidre Esteve. Fins que no vaig fitxar per l'equip francès de Gauloises, els organitzadors no van corregir el meu error de la primera cursa. On havia de posar el cognom, hi vaig col·locar el nom, i viceversa, de manera que fins a aquell moment posaven Esteve Pujol en comptes d'Isidre Esteve. És un detall petit que mostra fins a quin punt aquesta cursa és més gal·la que les creps o la torre Eiffel. Ja ho va dir Thierry Sabine abans de deixar-se el cor en el seu *invent*: «*C'est le Dakar, patron*».

Encara em quedaven aventures per viure en el viatge dels

somnis, a la cursa de motor que recorda que l'Àfrica existeix cada cop que s'inicia un any nou. Però llavors no sabia que hauria de lluitar contra el destí en un camí polsós d'un petit ral·li del sud d'Europa. Abans, però, em quedava una visita al Dakar amb la meva moto. Encara quedava Àfrica per conèixer...

MIRANT EL PAISATGE

«Existe una red oculta que atrapaba el mundo y sus acontecimientos, donde nada de cuanto ocurría era inocente y sin consecuencias. Quiero saber si hay una base científica para toda esa carne racional tendida al sol, en espera de que la despachen. Unas leyes ocultas en la vida o en el mundo.»

ARTURO PÉREZ REVERTE, *El pintor de batallas*

Quan, a la llunyania, en el campament, els vaig veure sortir corrents de la sala de premsa, vaig pensar: «Què els deu haver passat, a aquests nois?». M'hi vaig acostar i tothom es va llançar sobre meu. Allí hi havia Nicky Martínez, el tranquil, efectiu, polivalent i brillant enviat especial de la revista *Solo Moto*; el magnífic corresponsal d'*El País*, Oriol Puigdemont; l'enèrgica debutant Marta Garcia, de Catalunya Ràdio; l'home de l'Agència EFE, Luis Miguel Pascual; Marc Martín, el responsable periodista de TVE; el madrileny Alberto Gómez, de *Marca*, i l'entusiasta Pau Castellsagué, de RAC1. També hi havia Manuel Franco, enviat especial d'*AS*. Abans de treure'm el casc i els guants, tothom m'havia donat copets a l'espatlla, algú m'havia fet l'ullet i algú altre ho havia intentat. «Què us passa, nois? Que esteu bé?», els vaig demanar. Vaig notar que tots ells, representants dels mitjans de comunicació del meu país, eren allí, al bell mig del desert, esperant les paraules no d'un pilot sinó d'un amic, que és el que, si més no en aquell moment, jo era per a ells.

Això va succeir el 14 de gener del 2007 i aquell dia, per bé que jo no ho sabia, vaig haver d'acomiadar-me d'un dels grans somnis de la meva vida: guanyar el Dakar dalt d'una moto.

Es disputava l'etapa entre Atar i Tichit, just després del dia de descans. Tres jornades enrere, a la ciutat marroquina de Tan Tan, on els immigrants veuen des de la costa el somni de les Canàries, havia aconseguit la meva primera victòria d'etapa en aquell Dakar i anava segon a la classificació general, a poc més de deu minuts de Marc Coma i amb gairebé quaranta minuts d'avantatge respecte de qui després va guanyar la prova, el francès Ciryl Despres. Vaig començar bé aquella vuitena especial que unia Atar amb Tichit; havia sortit cinquè i estava retallant la diferència amb el *noi d'Avià*, el pilot que ara està un pas per davant dels altres. El sol lluïa al cel i creia que volava dalt de la meva KTM blava, fins que va succeir. Un so sec, com el d'una gola trencada o un cop de peu a terra. La moto es va parar, però la vaig poder tornar a engegar. Faltaven 359 quilòmetres per al final de l'etapa i la caixa de canvis de la meva màquina austríaca s'havia quedat pel camí. Amb el canvi destrossat, vaig experimentar com s'esvaeixen els somnis, lentament... Veia com alguns dels meus rivals es paraven, d'altres preguntaven, però al final tots acceleraven i jo seguia amb destinació a Tichit a quaranta quilòmetres per hora en primera.

«No passa res», vaig dir intentant consolar el grup de periodistes. «No cada dia es té l'oportunitat de fer una etapa en primera a quaranta per hora. Si més no, he pogut gaudir del paisatge.» Tot anava bé fins que va començar un festival de llums de colors a la moto i em vaig dir: «La cosa pinta malament, Isidre». Sí, no va ser tan terrible fer una especial veient el paisatge de les dunes, el mar d'onades daurades pintades a la terra mauritana.

Vaig passar una mala nit al llac de Tichit, el lloc del qual fa milions d'anys s'ensenyorien les aigües salades i que ara és una planura extensa en la qual es poden trobar fòssils marins i que el Dakar fa servir de campament. No vaig dormir bé dins el sac, en un lloc envoltat d'oasis, on el vent arrossega la sorra que s'esmuny pertot arreu, de vegades com un fuet, de vegades com una carícia. L'any 2005, les tempestes de sorra van assotar el Dakar mentre molts pilots havien de dormir al desert, l'inhòspit escenari en què aquella nit veia la lluna engrandir-se com una moneda de plata en un microscopi.

Després de trencar el canvi, els mecànics van treballar tota la nit per arreglar la moto i aconseguir canviar-ne el motor. Vaig arribar al sopar amb un somriure amarg pintat a la cara, vaig saludar els periodistes i vaig menjar una mica de pasta, demanant-me per què m'havia faltat aquella petita dosi de sort que han de tenir tots els campions del Dakar. A la nostra taula de sorra, s'hi va atansar Carlos Sainz, dolorit per l'esforç i encara enfadat pel primer —i no seria l'últim— trencament del seu Volkswagen. Va prendre una mena de mousse de xocolata mauritana i va seure amb nosaltres. Vam parlar d'una cursa maleïda que destrossa cors.

L'endemà l'etapa va acabar a Nema, però no vaig arribar bé, encara tocat pels pensaments negres que enfosqueixen l'ànim i no deixen moure el cos. No va ser el meu millor dia. El sol crema en aquell indret oblidat on la vegetació sembla palla, la pell s'asseca i el cel és un núvol de pols ocre. El Dakar també suposa lluitar contra l'Àfrica. A Nema vaig tornar a trobar-me amb Sainz, aquest cop mentre esmorzàvem. El madrileny, dos cops campió del món de ral·lis, tota una llegenda a Espanya, està entossudit a guanyar el Dakar. Qualsevol de les dues vegades que hi ha participat podria haver-ho aconseguit, però la maledicció de les avaries li ho ha impedit. Potser la tercera serà la definitiva. «¿Cómo vas, Carlos?», li vaig demanar. Ell em va respondre amb un gest de resignació. «A ver si termina esta carrera ya y nos volvemos a casa, que aquí ya está todo el pescado vendido. Al menos para mí», va dir el bicampió. «Pues anda que para mí», vaig contestar desanimat. Aquell dia tots dos vam guanyar l'etapa.

El Dakar arribava a Mali i el desert s'omplia de color, apareixia la sabana amb les seves roques i arbres amagats, amb els baobabs. Fou la meva darrera victòria al Dakar, a Kayes, un lloc on la solidaritat espanyola va fer un pont perquè els habitants de Mali poguessin travessar l'increïble riu Senegal, un dels més importants de l'Àfrica. És un d'aquells llocs del continent oblidat on els nens envolten el visitant amb els seus somriures.

Un cop acabada l'etapa vaig fer un tomb pel poble i allí hi vaig conèixer Salí. Li vaig estrènyer la mà i va ampliar el seu somriure com si obrís les portes del cel. Després se sentí la seva rialla i se'n va anar corrent cap a on la cridaven. Era la seva mare, i aquella nena de dos anys em mirà amb uns intensos ulls negres i s'acomiadà abans d'ensenyar-li a qui l'havia portat al món —la crueltat del qual encara no ha descobert— una petita dosi de melmelada, d'aquelles que acostumem a ignorar a les cafeteries. No era res, però a ella la va fer feliç. I el seu somriure era l'única manera que tenia de donar-me les gràcies. No calia que ho fes. Vaig tornar a sentir-me, malgrat tot, injustament afortunat de viure al sud d'Europa.

A la vora del riu Senegal, els nens hi van aparèixer com sortits del no-res, fent carreres i cridant, amb els seus petits cossos reclamant la nostra atenció i afecte, un detall o una foto. S'arrombollaren al voltant de la pantalla de la càmera digital i van passar-s'ho d'allò més bé veient-se les cares en aquell estrany artefacte que, curiosament, els adults odien.

Així és Kayes, el primer lloc de Mali colonitzat pels francesos. La sabana s'obre al davant dels ulls com una postal amb els seus orgullosos baobabs i el seu aspecte groguenc. Però un no s'ha de deixar enganyar per la seva bellesa. Kayes no té clavegueram, les escombraries es dipositen en uns petits canals descoberts en els laterals dels carrers, com en una mena de Venècia miserable. Els nens es banyen a l'aigua poblada de piragües del Senegal, unes barcasses amb les quals aquí pesquen per sobreviure cada dia, les mateixes amb què a la costa es juguen la vida per arribar a un lloc on els espanyols es desesperen perquè no tenen prou diners per comprar l'última consola als nens per Reis. Estranya ironia. Àfrica és el continent que ens mostra les nostres pròpies misèries.

Aquell últim Dakar no va ser el millor, però sí un dels que més s'assembla al concepte d'aventura que tenim a Europa. Després d'aquell triomf parcial, el setè de la meva carrera esportiva, el dia que vaig aconseguir una victòria amb disset minuts sobre Marc Coma, una diferència que en aquells moments es vestia d'anècdota, però que en altres circumstàncies hauria estat definitiva, vaig atansar-me als periodistes amb l'ànima cansada. Havia guanyat, però aquell triomf no significava per a mi res més que l'evidència de l'oportunitat perduda. Un cop més. Algú em va dir que amb aquell èxit havia demostrat que podia estar amb els millors, o si més no això és el que jo vaig entendre. Em sortí la vena reivindicativa: «Em pensava que ja ho havia demostrat abans», vaig dir. Encara avui, tots els que vam presenciar aquella escena, riem en recordar-la.

Un cop jo el vaig haver donat per perdut, el Dakar del 2007 havia de ser el segon consecutiu de Marc Coma. Tanmateix, es convertí en l'últim que vaig poder acabar. Marc mereixia tornar a guanyar. Després que jo em deixés el canvi de marxes en el camí de Tichit, l'avantatge d'en Marc sobre la resta de participants era extraordinària. Quasi li duia una hora a Despres quan, en el quilòmetre 57 de l'etapa que acabava a Tambacounda, la vigília de l'arribada a Dakar, la carrera emmudí i una esgarrifança va recórrer el cos de tothom que esperava al campament. El líder havia caigut. El van traslladar a l'aeroport de Tambacounda, on arribà també la doctora Florence Pommerie i agafà la bossa de sèrum que hi havia al costat de la llitera del campió, ja sense glòria, ja sense el seu segon Dakar, però amb vida. Molts cops dono gràcies —a qui les mereixi— perquè la vida m'ha pres la possibilitat de caminar però m'ha mantingut viu.

Vaig saber que en Marc era fora de cursa quan, encara atordit, vaig veure volar la seva moto. Vaig arribar a la meta d'aquella especial a gairebé tres hores del vencedor, en el lloc 134, però vaig arribar-hi... Tal com la gent em deia de bon començament: «L'important és arribar, Isidre. Acabar, acabar la cursa». Malgrat que ja no em conformava amb allò, vaig pensar que aconseguir acabar el Dakar era un objectiu acomplert, a pesar de ser mínim. En aquella especial, en el quilòmetre 35, hi havia un error en el *road book* i em vaig perdre, tal com li havia passat a Coma. D'altres, com Despres, no van tenir tanta dissort. Fins a tres cops vaig repetir aquella mateixa ruta i totes tres vegades ho vaig fer bé: el rumb, les coordenades, absolutament tot era correcte. Però després veia que els altres anaven per una ruta que no era la bona. No ho entenia, no m'ho podia creure. Fins que vaig decidir anar pel mateix lloc que la resta, tot i que, evidentment, no era el bo. Intentant atrapar els primers, amb l'amor propi ferit per la cicatriu de la ruta, vaig patir una caiguda espectacular en el quilòmetre 148 de l'especial. Potser va ser un avís. En vaig tenir uns quants en aquell Dakar. Quan entrava de ple en un perillós sot del terreny, vaig fer un salt enorme, la moto s'estavellà contra un arbre i quedà completament destrossada. Quasi sense sentit i fent tombs, vaig veure arribar un helicòpter mèdic. Vaig prendre una mica d'aigua i vaig recuperar el coneixement... o una cosa semblant. Llavors vaig veure la moto d'en Marc. Un comboi havia estat a punt de dur-me al campament, però es produí un altre accident i el comboi va haver d'anar-se'n sense mi. Poc després, la KTM taronja volava pels aires. *C'est la vie, C'est le Dakar, patron.* Vaig demanar permís a KTM i amb peces de la màquina del meu antic company vaig reparar la meva moto. Vaig arribar tard, vaig arribar lluny, però en vint-i-quatre hores m'esperava Dakar i un dia després les aigües del llac Rosa.

Sense saber per què, percebia que l'aventura s'estava acabant, però encara quedava molt per viure. Vaig arribar a Dakar, la ciutat del caos, on la gent s'amuntega a les portes de l'aeroport intentant trobar alguna cosa que, probablement, ni tan sols saben què és. M'havien dit que aconseguir un taxi a Dakar era quasi tan complicat com arribar-hi des de Lisboa en moto i sense mecànic: el Dakar de veritat. Tothom s'escridassava en una llengua estranya que aguditzava el meu terrible mal de cap; els taxis eren negres i grocs, amb cops i bonys pertot arreu, sense ràdio i de vegades apedaçats amb cinta adhesiva. Aquell any, l'arribada a Le Meridien de Dakar, que sol ser la recompensa per a tots els participants, es tenyí de dol per la mort d'Enric Aubijoux, que morí a causa d'una aturada cardíaca. La dama negra tornà a penetrar la meva ànima, que se'm congelà amarada de tristesa.

Vaig prendre una dutxa ben calenta. Som-hi, ja acaba el raid, el sofriment. A la sala de premsa de l'hotel vaig llegir el poètic diari d'una aventura del meu amic de l'*AS*. Le Meridien és un monument al luxe al bell mig de l'Àfrica, i uns passos més enllà hi ha la platja. Mentre hi passejava, vaig recordar, emocionat, les llàgrimes d'alguns, les abraçades, l'estimació. Arribar allà ja era un regal de la vida, l'aventura del desert acabava al mar: del daurat al blau, del no-res a la vida. Així és l'Àfrica, continent de contrastos i sabors diversos, d'aventures, de canvis, de misèria i miserables que no volen acabar amb ella. És com l'arribada a la terra promesa, on alguns acompleixen el desig de tota una vida.

El 21 de gener del 2007 vaig arribar per última vegada al llac Rosa... de moment. Però no va ser com havia somiat: no hi va haver braços enlairats ni pujades al podi; la glòria es va quedar aparcada al costat de la caixa de canvis, mentre contemplava el paisatge en el desert maurità. Malgrat tot, de vegades arribar a la meta ja és prou recompensa, ja que és el fruit de molta lluita i molt d'esforç, el final d'una aventura viscuda amb honor, un concepte abandonat que el continent oblidat ens fa recordar. I sempre, any rere any, arriba la mateixa emoció. Una esgarrifança recorre tot el cos, acarona l'ànima i apareix, com per sorpresa, un gran somriure. Succeeix quan es contempla el llegendari color rosa que distingeix el llac salat, el lloc on comença la tornada a casa. Però mentre pensava que l'any següent hi tornaria per guanyar, vaig recordar la pèrdua del meu pare, Josep Esteve, i la seva imatge aterrà a la meva memòria. Vaig pensar en ell, que ben segur m'esperava al lloc on descansen els homes valents.

ÀFRICA A L'HORITZÓ

«Sólo con una ardiente paciencia conquistaremos la espléndida ciudad que dará luz, justicia y dignidad a todos los hombres, así la poesía no habrá cantado en vano.»

PABLO NERUDA

Vaig conèixer la Fàtima a Zouérat. Tenia cinc anys, els ulls negres, com la seva dissort, la pell bruna, clapejada de petites gotes de quitrà, i els cabells arrissats. Se m'acostà amb els peus descalços i un vestit fet de parracs, d'un blau gastat. Gairebé no se sentia la seva veueta demanant un regal al foraster. «*Cadeau, cadeau*», deia en francès, i les paraules se li escapaven de la boca amb un murmuri. Vaig buscar i rebuscar a les butxaques, però només hi duia sorra. Al meu costat, estirant-me els pantalons, la Fàtima continuava implorant alguna cosa, una petita ajuda.

De sobte, com en una aparició, em vaig adonar que portava un sobre de sucre a la butxaca de la dreta; el vaig agafar i l'hi vaig oferir. La nena va començar a riure i marxà corrent cap a una casa on un llençol servia de porta, esquivant les cabres que menjaven la brossa dels voltants, entre sorra i més sorra esquitxada de pedretes de ferro. Em vaig sentir la persona més desgraciadament afortunada de la Terra. La vaig cridar, però ella no va voler tombar el cap. Vaig pensar que aquell miserable present l'havia ofès, un trist sobret de sucre dels que ens donava l'organització del Dakar per esmorzar. Al cap de cinc minuts, algú em va tocar la cama agafant-me del camal dels pantalons. Em vaig girar i allí hi havia la Fàtima, al costat de la seva mare, l'àvia, dos germans i una tieta. Venien a donar-me les gràcies. Sorprès, sense saber què fer, se'm va ocórrrer gastar-los una broma i li vaig demanar a la nena que em tornés el paquetet de sucre. La petita em va mirar amb una intensitat que sempre més duré a l'ànima. Allargà el braç i em tornà el sobre marró de sucre blanc. Va voler sortir corrents, però vaig anar-li al darrere, li vaig agafar la mà i hi vaig dipositar el petit i per a ella preuat regal. El que per a nosaltres no és res es converteix en un estel caigut del cel.

A Zouérat, amb quatre carrers asfaltats, sorra, brutícia a dojo i cabres pertot arreu, és on una empresa francesa explota el que passa per ser una de les mines de ferro més grans del planeta. I allí hi ha el tren més llarg del món, que cada setmana arriba des de les explotacions mineres fins al port de Nouakchott, la capital d'aquest país de tristesa.

En un altre Dakar, a la mateixa nació oblidada, abans de l'etapa de descans, vaig sortir a fer un tomb fins al poblat de Tichit. Allí, una nena de somriure blanc i màgic, carregat d'humanitat, i uns ulls on s'havia refugiat la lluna, es posà la mà al cor per agrair-me un tros de formatge i una mica de melmelada. Estava plena de pols i la roba semblava rosegada, però la felicitat va trobar-hi un lloc dins seu gràcies a aquells aliments. Era el dia de Reis del 2005. Ja feia temps que jo coneixia les tempestes de sorra. Aquella nit vaig mirar les estrelles i vaig pensar com canvia la vida en la dissort de néixer en un lloc com aquell, miserablement màgic.

De vegades, quan sóc al desert, penso en Déu, en l'existència d'un ésser superior omnipotent, creador del Cel i de la Terra. Sempre arribo a la mateixa conclusió: alguna cosa hi ha d'haver, res no es pot crear del no-res, o potser sí? Ara bé, després penso que, si Déu existís, no permetria que passessin algunes de les coses que he vist amb els meus propis ulls.

Tothom hauria de passar una temporada a l'Àfrica. Aquesta terra et transforma encara que no ho vulguis. Al continent de la pobresa, on les matèries primeres són pertot arreu, res no és el que sembla i la vida gira i gira en una ruleta de sensacions. En un espai tan ple de deserts com aquest, les aparences enganyen més que en cap altre lloc. Els miratges prenen formes molt diverses i increïbles. Tanmateix, també diuen que a l'Àfrica sempre s'hi troba un tresor amagat. Els africans són pobres, però sempre somriuen, sempre. Mentre ho dic, penso en el que succeeix a Catalunya, a Espanya, a Europa, en el primer món, en definitiva. Nosaltres hem canviat i no sempre ha estat per millorar. Ens hem parat mai a pensar en les coses de la vida que realment tenen valor?

En el nostre món la gent es mou per mimetisme i poques persones seuen un bon dia en un banc del parc i es pregunten: «Però, què redimoni estic fent amb la meva vida?». Molts s'han de llevar d'hora cada dia i, quan sona el despertador, li etziben una manotada; l'odien, a pesar de ser l'encarregat de recordar-los que un dia més són vius. S'aixequen de mal humor perquè han d'anar a treballar i no els agrada la feina que fan, però no els queda cap altre remei, o això pensen, perquè cada mes han de pagar la hipoteca, que en comptes de minvar sembla que creixi. Surten de casa a les set del matí i no hi tornen fins a les nou de la nit. Gairebé no tenen temps ni per menjar. A la societat actual, hi falta valentia. Per què aquests homes o aquestes dones no es venen la casa i marxen cap a un altre emplaçament? Hi ha molts llocs al món. El planeta no es redueix a la ciutat on un va néixer. En molts poblets i capitals necessiten gent per treballar, i allí la gent no té hipoteques per pagar, ni s'espatlla el tren, ni s'enfonsa el metro. Amic meu, canvia de feina, capgira la teva vida. La gent del nostre país hauria de perdre la por del desconegut. La malfiança és una de les pitjors actituds davant la vida.

Això no esdevé a l'Àfrica. Al Senegal, les dones vesteixen robes de colors, són felices i sempre somriuen. Són capaces de sortir al carrer amb un xassís i dues rodes punxades en lloc d'anar amb bicicleta, mentre els nens fabriquen joguines amb filferros i pilotes de futbol amb mitjons. Coneixen la felicitat, mentre que aquí, a tot estirar, aspirem a la tranquil·litat. Als països pels quals passa el Dakar, si algú dóna un caramel a un nen, aquest li ho agraeix amb un somriure d'argent, però si l'hi demana altre cop, el petit el torna sense badar boca. Aquí, ni amb la bicicleta ultramegaespecial o amb el caramel més sofisticat amb gust de llimona espremuda o farcit de xiclet, els nens estan contents. Estan tan malacostumats que ho rebutgen amb una manotada quan se'ls ofereix.

A l'Àfrica la gent treballa per viure i aquí vivim per treballar, encadenats tota la vida perquè desitgem alguna cosa a la qual no podem accedir. Per què necessitem un pis de quatrecents mil euros? Per què s'ha de pagar això quan en realitat no ho val? Per què la gent es fica en el túnel d'una hipoteca per pagar amb interessos tants diners? Cada dia llegim als diaris que s'apuja el tipus d'interès, el maleït Euríbor, i que cada vegada hi ha més famílies que no poden fer front a la despesa de la hipoteca o als préstecs que han contret amb el banc. Tanmateix, quan girem full, hi veiem els resultats anuals de les grans entitats bancàries, que cada cop guanyen més centenars i centenars de milions d'euros. Què està passant? És això el progrés? Quan algú viatja sovint, es planteja força coses i veu amb claredat moltes injustícies de la vida.

Al continent africà, on la pobresa sembla no tenir fi, tothom té casa, mentre que aquí és un bé de primera necessitat convertit per obra i art d'uns quants en el luxe més cobejat del món. Què passaria si un bon dia tots el que tenen una hipoteca es posessin d'acord i la deixessin de pagar? Seria increïble, oi? Doncs, en aquest món en què ens han fet creure que la revolució era cosa del passat encara hi queda molta feina per fer.

Recordo l'última visita que el Dakar va fer a Bamako, la tumultuosa capital de Mali, on tres hotels de cinc estrelles dominen la ribera de l'impressionant riu Níger, alhora que, des de les barcasses, els pescadors descalços capturen immensos peixos amb llança, i les dones sacsegen els seus cossos amb grans cistells de fruita sobre els caps. A l'aeroport els homes miren des d'una tanca metàl·lica, com les dels camps de concentració, amb els ulls blans i la pell bruna, i imploren amb el cor. I allí vaig veure plorar un periodista espanyol amic meu. Després em va explicar que aquella nit havia anat a buscar quatre vegades la ració del sopar, una per a cadascun dels pobres que se li van atansar demanant-li un tros de pa. «Només he fet caritat», em va dir amb els ulls plens de llàgrimes. «No he compartit res amb ells. A més, molts semblaven malalts. Les malalties tenen trencada l'Àfrica.»

Lamentablement, la colonització no va dur en aquestes

terres la manera de guarir els mals de la natura, i en aquell moment m'hauria agradat tenir el talent i la intel·ligència per ser metge. Enmig del desert, s'hi troben exemples de persones valentes que creuen en el que fan i tenen prou confiança en la vida per emprendre l'aventura de deixar-ho quasi tot i ajudar els més necessitats.

L'any 2005 vaig conèixer Beatriz Relinque, una dona que llavors tenia quaranta-set anys, un marit que l'esperava i dos fills que la trobaven a faltar cada dia, però disfrutava amb una feina que havia convertit el seu somni en realitat. Aquesta madrilenya era la directora de l'hospital de Chinguetti, la setena ciutat santa de l'islam, un lloc pròxim a Atar, que posseeix una petita pista d'aterratge, com una llengua d'asfalt, que fa temps el govern maurità va manar construir per acollir una visita del rei d'Espanya, que al final no es va produir. Des del 2005, el doctor Mir i els seus col·legues de la clínica Dexeus de Barcelona hi fan arribar cada any medecines i aparells que salven vides. Beatriz treballa ara amb Metges del Món a Novakchott i ara és una doctora gallega qui dirigeix la clínica, però ella els visita regularment i és com una mena de deessa en un lloc oblidat. Aquesta dona d'ulls verds plens d'esperança regala veritat i pau a qui la vol escoltar en aquell indret on la sorra del desert s'escola dins les cases i les nenes moren de part amb a penes catorze anys. Conèixer la Beatriz va ser, un cop més, un motiu per recuperar la fe en l'espècie humana. En un món caracteritzat per la hipocresia i l'enveja, se'm va quedar gravada la imatge d'una persona capaç de perdre's al bell mig del desert per ajudar els altres. En un món de pobresa i malalties, una metgessa espanyola aporta un bri d'esperança als qui no tenen res.

Malauradament, això no és l'habitual, i dones i homes com la Beatriz són la tremenda excepció que confirma una regla aclaparadora i rutinària. Pocs s'atreveixen a canviar de vida encara que no els agradi la que tenen. Abans era diferent i tothom era una mica africà en aquest sentit. Tothom tenia una llar i casa seva era casa de tothom. Ara això ha canviat. Potser tot plegat va començar el dia que vam voler una cosa que no podíem tenir, i algú ens va dir a cau d'orella que sí, que era possible. En aquell moment van canviar la nostra societat i la nostra vida. Ara moltes famílies tenen més d'un cotxe sense poder-s'ho permetre. El banc és qui mana i aquesta és la causa que molta gent s'aixequi cada matí amb el dimoni dins el cos, l'estómac encongit i el cor corrent els cent metres llisos. Per això hi ha tan mal ambient a les cases, tan mal humor a les feines, tanta competitivitat, tantes gelosies personals i professionals, i el concepte de bondat només existeix en els anuncis de les organitzacions no governamentals i en els contes de princeses que s'han quedat sense regne màgic. És un corrent que arrossega la societat actual i l'única alternativa per posar-hi fi és mirar al nostre interior i pensar en la manera de canviar-lo. Ens cal valentia.

Quan tornes del Dakar, després de gairebé un mes en un altre món, en una altra cultura, sense veure cap informatiu per la televisió ni llegir cap diari (i no és la meva intenció culpar els mitjans de comunicació, que, malgrat tenir una part de responsabilitat, en la majoria de casos fan d'altaveus del que succeeix), sense saber què ha passat en el primer món, res no és igual. Si més no durant el primer mes tot es fa estrany, t'ho qüestiones tot i reflexiones davant de cada acte rutinari. Amb el temps, l'efecte de l'encís africà va passant. I llavors cal tornar a l'Àfrica per valorar novament la dutxa d'aigua calenta que surt d'una aixeta, o un llit ben fet amb matalàs i tot, però també per recollir-hi tots els valors de tranquil·litat i felicitat que tenen allí i que nosaltres hem oblidat en aquesta part del món que anomenem Occident.

Amb el progrés, les coses han canviat. Abans demanaves a un amic que feia temps que no veies com li anaven les coses, i se li encenia la cara de satisfacció: «Molt bé *tio*, genial! Aquest cap de setmana he sortit amb la meva dona i hem estat esquiant (o fent parapent). Tot va la mar de bé!». Ara això és una excepció. L'última vegada que vaig demanar a un dels meus amics què se n'havia fet de la seva vida, la resposta fou aclaparadora: «Uf, molt malament. Tinc un munt de feina. No puc amb tot. Arribo a casa fet una merda i no tinc temps per a res». El corrent se t'endú i no pots aferrar-te a la riba, l'aigua t'arriba al coll, has de continuar endavant i fer front a totes les decisions que has pres. Molts cops, en tornar de l'Àfrica, et quedes pensant en tot el que t'envolta aquí i et dius a tu mateix: «Me n'hi torno!».

A Erg Chebbi, al Marroc, a prop de les dunes de Merzouga, les primeres que apareixen al desert del Sàhara, hi ha un home anomenat Alí, conegut com *el Coix*, que té un alberg a peu de carretera. Moltes vegades li hem dit: «Per què no véns a Espanya amb nosaltres?». Llavors, sempre fa el mateix: abaixa la mirada, es queda pensarós i finalment respon amb un aire d'avorriment, propi de qui ha escoltat mil i una vegades la mateixa proposta. «Tu ets ximplet, o què? Aquí sóc feliç», ens diu. «Tinc el meu negoci, visc més o menys bé, em llevo amb les dunes davant dels ulls, vénen els turistes, parlem... No vull ni necessito res més per viure.» Pensar així no vol dir conformar-se, sinó ser conscient del que es necessita de veritat i atrapar la felicitat, que no és pas tan difícil de trobar com molts cops pensem. De vegades hi ha cocodrils enmig del desert. Res no és impossible.

El país de l'Àfrica que més m'agrada és el Senegal. És el paradigma de l'alegria dins de la misèria, pura contradicció, pura vida. Fòrums internacionals, discussions públiques, articles de diari, llibres i grans estudis de prestigiosos científics i sociòlegs es preocupen de l'anomenat «problema d'Àfrica». Potser la intenció és bona, però hi ha una qüestió de fons en molts dels plantejaments que no és correcta: la pretensió de canviar l'Àfrica. Aquest continent del sud només necessita que s'hi inverteixin diners en sanitat i educació. Res més. A aquella gent de vestits de colors i somriure perenne no els cal un bloc de pisos per viure o una casa amb el terra de marbre o luxes excessius. Res de tot això. Educació i sanitat són les solucions. Ells solament volen canviar això. No és necessari ni recomanable capgirar la seva cultura. Fer-ho seria com obligar algú que sempre ha viscut a la muntanya a desplaçar casa seva a la Diagonal de Barcelona. No, de cap manera no és un canvi així el que ells volen.

Tanmateix, cal que ens preguntem per què es juguen la vida a l'Estret, en piragües, rumb a les Canàries. En primer lloc, perquè molts passen gana; no tenen res per menjar. En segon terme, perquè d'altres, molt nombrosos, tenen un problema greu a casa seva: les parabòliques. Aquestes antenes fan que les ones arribin als seus petits televisors, on veuen imatges d'un primer món irreal. Molts desconeixen el món exterior, no han sortit mai del seu poble, però pensen que aquelles cases enormes, on sempre hi ha menjar en abundància, reflecteixen el que succeeix habitualment a Occident.

Això li va passar a un immigrant de Guinea que, després de tres mesos de travessia, va arribar a Nouakchott. Des d'allí va viatjar amb un *cayuco* amb setanta persones més fins a les Canàries. Les autoritats de les illes el van ficar en un avió amb destí a Barajas, i un cop a Madrid, un autobús el va deixar, juntament amb altres compatriotes, a la plaça de Colón amb trenta euros a la butxaca. Aquella nit va dormir al ras, damunt la gespa d'un parc, amb el fred ficat als ossos, clavant-se-li com estelles als ronyons. Al cap d'una setmana, la desesperació el va dur a travessar el tram de la M30 per arribar al riu Manzanares, pensant que el petit rierol que han deixat les obres el duria de tornada al mar. Un cotxe el va atropellar i va quedar paralític. Ara ha tornat a les Canàries i potser algun dia tornarà a Guinea, al seu petit poble, on la seva família esperava un futur més bo a Europa, i es trobarà amb un fill que ja mai més podrà tornar a caminar. Algun dia tornarà a veure aquell rètol a l'entrada del seu poble que adverteix al visitant que en aquell lloc el virus de la sida ha infectat el setanta per cent de la població. Qui no voldria fugir d'aquest infern amb aparença de paradís?

Molts pensen que la immigració és un problema, quan, en realitat, el que hauria de ser és una oportunitat. Les xifres avalen la teoria que són els immigrants els qui estan salvant la situació econòmica del país. Els immigrants tenen necessitat i la necessitat no només aguditza l'enginy, sinó que també augmenta la valentia. Molts arriben ansiosos a la suposada terra de l'abundància, però en arribar-hi veuen que no és com s'ho imaginaven. En força aspectes, nosaltres no estem més bé que ells. Aquí hi ha alguns joves que no volen treballar, i d'altres, sobretot llicenciats, que es veuen obligats a treballar per molts menys diners dels que es mereixen pels seus coneixements. Però calen immigrants, perquè estan disposats a treballar en aquells oficis que ningú no vol fer. En el primer món, la prioritat ha deixat de ser intentar que no falti res en una casa per convertir-se de vegades en el desig de tenir un cotxe de gran cilindrada o d'una marca Premium, encara que ofereixi menys que altres cotxes en teoria menors. Però alhora aquestes mateixes persones molts cops no mengen bé perquè no tenen temps de seure a taula com Déu mana i han de conformar-se amb un entrepà a mig matí. I ara algunes famílies tampoc no eduquen els seus fills. Descarreguen la seva responsabilitat a les escoles, i això no és gens bo. Abans, una família tenia cinc fills i tots ajudaven a casa, tots treballaven, i hi havia una mare i una àvia, i on menjaven quatre, també n'hi menjaven cinc. Ara els matrimonis joves intenten independitzar-se i a les llars no hi ha ningú perquè han de fer una pila d'hores a la feina per poder pagar la hipoteca i l'Audi i sortir a la platja per disfrutar d'un pont. I per poder fer tot això cal treballar molt i tenir molta sort, i això no sempre passa. Tanmateix, hi ha un remei: anar-se'n a viure a un altre lloc, canviar de vida, repoblar municipis oblidats, envoltats de naturalesa verge.

Cada vegada mirem més cap enfora i menys cap endins. I, a més, entre nosaltres sobresurt el problema de la comunicació. Però a l'Àfrica això no passa. Allí tothom parla, són feliços. En una casa mauritana no deixen que te'n vagis si abans no comparteixes amb ells la cerimònia del te i beus aquesta infusió que pot ser amarga com la vida, suau com l'amor i dolça com la mort. En el nostre país, si surts al carrer i saludes un desconegut, et mira amb cara d'espantat com si volguessis prendre-li els pantalons. Abans, la gent quedava per dinar i xerrava, i a la tarda, o al capvespre, sortia a la plaça i parlava amb els veïns dels seus problemes. La gent intentava ajudar-se. Ara ningú no parla al carrer, però moltes persones desitgen arribar a casa seva per connectar-se al Messenger.

A l'Àfrica tot és diferent. Aquest continent m'ha fet viure molt. Per això desitjo tornar a trepitjar aquell lloc que em va ensenyar que la vida no és per pensar-la sinó per viure-la.

DORMIR A LA VORA DE LA MORT

«Per dolenta que sigui la tempesta, el sol sempre torna a lluir entre els núvols. En el cor de tots els hiverns, hi viu una primavera palpitant, i rere cada nit, ve una aurora somrient.»

KHALIL GIBRAN

Una de les millors sensacions de la vida és vèncer la mort. Després de milers de lluites esportives, de competicions al límit i d'esforços contra la natura, es descobreix que l'única veritat resideix a aprofitar cada instant, perquè no sempre és possible guanyar la dama negra. Per bé que hi ha una altra manera de sortir victoriosos del combat, perquè el record ens fa eterns. En el meu cas, a més, la tinc a ella, aquella nena preciosa que és la meva filla, que de vegades em mira i amb els seus ullets em demana una cosa que mai no formula en veu alta: «Per què no pots caminar, papa?». Ella fa que jo sigui immortal, que una mica de mi resti per sempre més a la Terra. Gràcies a ella, quan mori no desapareixeré per sempre.

La vida és una lluita contínua contra la mort, que de vegades es torna més arriscada, tal com succeeix als pilots de motos. Fa poc, Wayne Rainey, el llegendari nord-americà, guanyador de tres títols de velocitat de 500 cc, tetraplègic després d'una caiguda a Misano l'any 1993, deia que els pilots estem exposats a Déu. La veritat és que no sé com anomenar-lo, però sí, crec en l'existència d'un creador... Altres l'anomenen atzar o destí. En certa manera, el campió de Los Angeles té tota la raó, però també és veritat que, al final, som els amos del nostre destí, a pesar de viure en un món, en una organització estranya i misteriosa, en què la maldat és molt fàcil, en què és molt senzill fer mal i on el sofriment arriba molt de pressa, però se'n va amb inusitada lentitud i exasperació.

El meu univers va canviar en un tres i no res, però la recuperació no ha estat tan ràpida. El misteri de la mort és més fràgil que el de la vida. Moltes persones moren de sobte per un infart, en el nostre inquietant Occident. Però perquè neixi algú es necessiten nou mesos... com a mínim. Per què són més fàcils les coses dolentes que les bones? Per què no podem allunyar la pena amb la mateixa rapidesa amb què arriba a les nostres vides? Bé, pensem que, malgrat que molt a poc a poc, si més no, en acabat, podrem allunyar-la. Això fou el primer que vaig pensar quan era en un llit de l'hospital de Torrecárdenas, a Almeria, on vaig passar els primers moments del fragor de la batalla. Vaig pensar que podia guanyar, i que havia de guanyar, que havia de continuar viu. No volia ser cap heroi, ni tampoc cap exemple per a tots els qui poblen els cementiris. Volia viure. Vull viure. Necessito viure.

Els primers moments van ser cruels. Després de l'atenció dels metges de l'hospital d'Almeria, on em van comunicar el problema que pateixo, vaig tornar a Barcelona, on m'esperava un edifici que es convertí en casa meva durant mesos, un lloc a l'entrada del qual es llegeix el rètol «Hospital de la Vall d'Hebron».

La meva vida estava en perill. Una situació, d'altra banda, que passa cada dia i en tot moment. Al començament es tractava de salvar-me la vida, no de recuperar la mobilitat, així que vaig haver de passar per l'experiència de viure en una unitat de vigilància intensiva. Tenia els pulmons embassats de sang a causa de les ferides i, a més, una intervenció immediata de la lesió medul·lar no tan sols no garantia l'èxit de l'operació, sinó que podia ocasionar complicacions respiratòries. En aquells moments m'aclaparava el pessimisme de la realitat i el doctor Carlos Villanueva, de la unitat de cirurgia de columna de l'hospital, informava els mitjans de comunicació mentre jo lluitava per viure en una llitera de l'UVI, amb sèrums i tubs pertot arreu. «No hi ha cap evidència que pugui millorar la lesió medul·lar; no té sentit córrer un risc addicional. Seria assumir un risc de manera gratuïta. El traumatisme pulmonar que pateix l'Esteve es podria agreujar amb una intervenció quirúrgica, cosa que fa que preferim ser prudents i esperar que passin uns dies per adoptar una decisió en ferm», explicava el metge.

La lesió era greu, i el meu amic, el doctor Xavier Mir, intentava mantenir l'ànim dempeus malgrat la veritat que ell coneixia prou bé: «Les possibilitats de recuperar la mobilitat són poques. A més d'una fractura dorsal de les vèrtebres T7 i T8, la medul·la està "afuncionant" de força i sensibilitat. Les previsions no són optimistes a causa del problema de paràlisi a les cames. Existeix una mínima opció que la situació pugui canviar, però és complicat. Per bé que també depèn de la naturalesa de cadascú i del grau de lesió de la medul·la. Haurem d'esperar uns quants dies i confiar que, si no és possible el moviment total de les cames, com a mínim sigui parcial. El mateix Isidre és qui, en uns moments tan durs, anima els seus familiars i amics». Mir encara recorda aquells moments amb emoció: «Em va dir que volia saber la veritat. En acabat, em va donar les gràcies per atendre'l en diumenge i, per últim, ens va demanar que anéssim amb molta cura a l'hora de transmetre la notícia a la seva família. Imagineu quins tres comentaris!».

Molts cops, la meva voluntat es va esquerdar, i em vaig sentir temptat de rendir-me, com tants d'altres. Però finalment va guanyar el coratge, aquesta paraula tan necessària per a la pròpia vida com el batec perfecte del cor.

A poc a poc, la situació anava millorant, talment com els rius quan tornen a mare. Tanmateix, la cèlebre frase sobre els hospitals («Se sap quan s'hi entra però no se sap quan se'n surt») es va complir un altre cop. Infecció al còlon, això van dir. I la meva ment es va quedar de nou clavada en el subsòl. Van ser moments crítics. El còlon és vital i quan queda malmès sol afectar altres òrgans, com el fetge o els ronyons. Els budells es van omplir d'aire i em van comprimir els pulmons. Diverses vegades em van haver d'assistir amb respiració artificial fins que em van operar: em van tallar la part del còlon on hi havia la infecció. Una intervenció delicada en què els cirurgians de la Vall d'Hebron van posar a prova la seva professionalitat. Després va arribar aquella etapa en la qual la unitat de vigilància intensiva es convertí en la meva llar. Visc en una cadira de rodes, sense melsa i sense còlon, però sóc aquí, amics meus, lluitant, que diria un dels grans.

L'11 d'abril, quan la meva columna ja era plena de cargols, apuntalada com una bastida d'obra, em van tornar a operar. En aquest cas, em van implantar un xip d'ones magnètiques entre les vèrtebres 7 i 8. Es tractava d'un dispositiu de dotze centímetres de longitud i d'un centímetre de gruix, amb sis electrodes, tres per sobre de la zona lesionada i tres per sota, que emeten impulsos elèctrics que canvien de polaritat cada quinze minuts.

La intervenció quirúrgica va ser un èxit. El benefici encara era incert en aquells moments.

El doctor Carlos Villanueva, abans de l'operació, em va explicar el resultat possible. Pel que semblava, la intervenció no tenia cap risc i s'havia provat abans, sempre als Estats Units, en deu pacients: cinc patien danys semblants als meus i només van millorar en un u per cent. Pitjor és no res. A la vida, sempre que hi ha alguna oportunitat, s'ha d'aprofitar; arriscar-se a un resultat incert sempre és millor que quedar-se igual.

L'operació, pionera a Europa, va arribar per iniciativa de KTM. Durant aquests mesos, la marca taronja m'ha tractat d'una manera excepcional. «Si es pot fer alguna cosa, la farem», em va dir una vegada qui va ser campió del món de motocròs i llegendari *dakarià* Heinz Kinigadner, actualment assessor esportiu de la firma austríaca. Aquest tractament experimental va ser finançat per la Fundació Wings for Life, «ales per a la vida», creada per Kinigadner després del malaurat accident del seu fill, que es va partir la columna.

Van ser gairebé quatre mesos els que vaig passar a l'hospital de la Vall d'Hebron, preparant-me per a la nova vida. D'aquella etapa, la més difícil de totes les que he passat, tinc records que perduraran per sempre i que van acabar un matí de juliol, quasi *mig any* després del moment en què vaig iniciar la meva batalla contra la mort.

OLIVES I VICHY CATALÁN

«La rèmora més gran de la vida és l'espera de l'endemà i la pèrdua del dia d'avui.»

LUCI ANNEU SÈNECA

Gairebé sense voler-ho, vaig agafar una oliva —de les verdes, les més normals, sense ni tan sols ser de les farcides d'anxova— amb colorants, conservants i tots els additius que aquests productes solen portar; una oliva com totes les que posen als bars per fer l'aperitiu. Me la vaig posar a la boca i vaig assaborir la vianda més exquisida que havia tastat mai. Era el 15 de maig, el dia de la resurrecció.

Havia ingressat el 25 de març a la Unitat de Vigilància Intensiva de l'hospital de la Vall d'Hebron i des d'aquell moment no havia tingut ni un instant de tranquil·litat. Però va arribar el dia 15 de maig, el del meu aniversari i el meu sant, i aquella excusa es va convertir en una raó de pes per demanar una mena de permís d'unes hores als metges que m'atenien. La celebració va consistir en un àpat. Vaig baixar amb la Lídia, que llavors era el meu cos i ara és el meu cor, a la cafeteria del complex hospitalari, i abans de portar-nos el dinar ens van oferir un platet d'olives i una ampolla de Vichy Catalán. Va ser una sensació increïble assaborir l'oliva i després notar l'aigua al paladar, les bombolles colpejant-me les parets del coll. Mai no oblidaré com, un cop més, vaig conèixer l'excepcionalitat de les coses quotidianes. Com podia ser que fins a aquell moment no m'hagués adonat mai de com n'és de bona una oliva i que bé que es posa a l'estómac un vas d'aigua amb gas? Encara era a l'UVI, i hi havia de tornar; allí la dieta era molt estricta, però en aquell moment no vaig poder evitar la temptació. De primer vaig demanar una escalivada amb anxoves de l'Escala, i de segon, un entrecot de vedella amb roquefort. No podia menjar res de tot allò, però jo vaig gaudir d'aquelles viandes com mai abans en un àpat. Lamentablement, cal estar malalt o no poder fer alguna cosa per valorar els petits detalls. Quan vaig pujar a la unitat amb un somriure als llavis, vaig explicar als metges la veritat, que m'havia passat, que potser no havia d'haver fet el que vaig fer, però en aquell moment tot m'era igual: la malaltia, els dolors, l'UVI i el món no podien comparar-se amb el dinar que havia pres, amb aquelles olives acompanyades del Vichy Catalán.

Les infermeres, els metges i tot el personal de l'UVI aconseguien que allí em sentís entre amics, com si formés part d'una gran família. A poc a poc vaig començar a seure a la cadira de rodes i fer-ho em va fer viure situacions emocionants. Recordo, per exemple, que veia els partits del Barça o les curses de la Fórmula 1 amb el personal sanitari en una sala on tenen un petit aparell de televisió.

Sempre estaré agraït a moltes persones, a totes les que em van visitar, als qui, ni que només fos durant un segon, van pensar en mi.

La meva estada a l'hospital estava a punt d'acabar-se. Després de l'accident, ocorregut el 24 de març, havia estat un breu espai de temps a la Torre Cárdenas d'Almeria i després em van traslladar a l'hospital de la Vall d'Hebron de Barcelona. El diagnòstic era clar: lesió medul·lar completa a nivell sensitiu amb fractura i luxació de les vèrtebres T7 i T8, i traumatisme toràcic.

El 30 de març m'havia operat per primer cop el doctor Carlos Villanueva, i l'11 d'abril m'havien col·locat l'electroestimulador. En teoria, me l'havien de retirar el 6 d'agost, però quasi un mes abans, l'11 de juliol, vaig rebre l'alta. En realitat, m'hauria hagut de quedar allí una mica més, on seguia una dieta específica, m'efectuaven un control diari i rebia totes les atencions necessàries. Però ja no podia més. Va arribar un dia en què ja no m'hi vaig poder estar ni un minut més. Necessitava sortir. Ho vaig comentar a les infermeres i elles em van dir que anés a veure la responsable de rehabilitació de lesions medul·lars, la doctora Empar Cuxart. «Tinc la sensació que no puc continuar a l'hospital, que me n'he d'anar a casa», li vaig explicar. I ella em va respondre amb un somriure: «Felicitats. Te'n pots anar. Calia que fossis tu qui ho notés, que tu tinguessis aquesta sensació, perquè és el primer pas per superar tot el que t'ha passat. Havies de tenir la seguretat que no és estrictament necessari que romanguis a l'hospital més temps». Aquell mateix dia vaig anar a veure la responsable de planta. «Me'n vaig», li vaig dir amb seguretat. «Quan? Demà, la setmana vinent?», em va demanar. «No, no, ara mateix.» Al cap d'una hora ja era fora amb la Lídia, prenent un gelat de camí a casa. No m'ho podia creure, però era cert.

Abans havia gaudit de caps de setmana de permís, i fins i tot, durant quatre dies, havia tingut l'oportunitat de seguir la Baixa Espanya-Aragó. Quan Octagon Esedos, l'empresa que organitza aquesta cursa —que va ser la meva durant tant de temps—, em va oferir la possibilitat d'anar-hi i col·laborar amb

TVE, no m'ho vaig pensar dues vegades. Era la meva sortida seriosa de l'hospital i em trobava bé. Em sentia molt millor que a la Vall d'Hebron. Era feliç. Tornaria a veure els meus amics de les curses, tornaria a gaudir de l'ambient i, a més, seria útil, aportaria la meva experiència i limitada saviesa als resums diaris de la televisió pública espanyola.

Al costat del Bernabéu, al bell mig del cèlebre passeig madrileny de la Castellana, em van retre un homenatge, en el qual hi eren presents molts dels grans, com Marc Coma i Nani Roma, els capitosts de la Federació Espanyola. Va ser molt especial. També va ser màgic retrobar-me amb els responsables de KTM Àustria, amb els quals havia desenvolupat la moto del Dakar 2007 i que em van assegurar que aniria amb ells a les següents jornades d'entrenament de la marca a Tunísia. Tornar a sentir les dunes va passar per la meva imaginació. A més, la Lídia era amb mi, havia vingut com a massatgista de l'equip Mitsubishi, en el qual competien Peterhansel i Nani. Amb prou feines dormíem quatre hores al dia, perquè ella havia de llevar-se molt d'hora i jo me n'anava a dormir força tard. Però ho necessitava, i ella va fer un gran sacrifici per mi. I vam ser molt feliços durant aquells quatre dies de retorn a les curses. Fins i tot vaig anar a sopar a un racó castís de la capital, ple d'encant, la Taberna Miranda, en el Madrid dels Àustries. Van ser moments feliços que van continuar més endavant.

Ara calia tornar a viure. Aquell 11 de juliol va començar la meva nova vida i la segona etapa de la recuperació, que arribà marcada per una paraula, *rehabilitació*, que ja no m'abandonarà mai més.

EL RETORN A LA VIDA

«Quan desitges una cosa, tot l'Univers conspira perquè l'aconse-gueixis. Ho crec fervorosament. L'acte de viure el propi destí inclou una sèrie d'etapes que excedeixen en molt la nostra comprensió, i l'objectiu de les quals és sempre fer que aprenguem les lliçons ne-cessàries per acomplir el propi destí.»

PAULO COELHO, *L'alquimista*

Fa fred a les nou del matí d'un dia de novembre a Sant Just Desvern. Quasi tot el meu cos s'entumeix sota una marquesina d'autobusos mentre espero l'arribada d'una furgoneta blanca als laterals de la qual es pot llegir «Tomás». Les ambulàncies Tomás anaven a buscar-me cada matí per dur-me en un viatge d'una hora i mitja pel tortuós món del trànsit de l'hora punta de Barcelona fins al minimalista edifici blanc i gris de l'Institut Guttmann.

El dia ha començat a les set del matí, quan amb l'ajuda de la Lídia he aconseguit dutxar-me, vestir-me i sortir al carrer amb la cadira de rodes. Dues hores més tard (aquest és el temps que trigo a fer totes aquestes coses que altres fan en cinc minuts, és a dir, la higiene personal), m'he acomiadat amb un petó del meu estimat àngel de la guarda, quan he sentit l'amable veu del conductor de l'ambulància. Dins del cotxe, tres pacients més esperen en silenci, i allí em quedo, encaixonat com un animal d'escorxador camí del seu destí inexorable.

Així no és gens fàcil començar el dia amb un somriure, però de vegades cal fer el cor fort, oblidar-se de la desgràcia i esforçar-se per veure un raig de llum en el cel ple de tempesta. Només d'aquesta manera és possible canviar l'avenir. Dins de l'ambulància l'ambient és dens. Es tracta d'un vehicle adaptat per portar-hi malalts amb cadires de rodes. S'hi accedeix per una petita rampa mecànica, on després et lliguen perquè la cadira no es mogui durant el trajecte. En aquells moments et sents aliè de tu mateix. Després d'intentar arrencar alguns mots dels meus companys de dissort i trobar únicament la resposta del conductor (ja se sap, el típic comentari: «Caram, quin fred que fa avui, oi?; o el gastat: «Com pot ser que ahir perdés el Barça?»), finalment resto sumit en els meus pensaments, que van més enllà del que haig de fer aquell dia a l'arxiconegut Guttmann, un temple dedicat completament a intentar que els pacients amb lesions medul·lars puguin tornar a la vida diària. I és que, a diferència del que tothom pensa, aquí no fan miracles, és a dir, no retornen la mobilitat a les cames, però el que sí que fan és donar-te els instruments necessaris per tenir el màxim grau d'independència possible. La rehabilitació és una quimera, no existeix, només es tracta de tornar a la vida. Ho deia el mateix Guttmann, el lema del qual era senzill i demolidor alhora: «Passar de malalts desnonats a contribuents d'Hisenda». Aquí ens ensenyen a tornar a ser persones normals, un repte molt especial en la nostra situació.

L'Institut Guttmann, com la majoria de les grans empreses del món, és el resultat de l'esforç, en aquest cas de Guillermo González Gilbey, un home que, després de patir un accident de trànsit el 1958, que el deixà tetraplègic, va experimentar amb crueltat la manca d'infraestructures del nostre país per tractar la seva xacra. Finalment, va ser traslladat a Anglaterra, on va tenir l'oportunitat de beneficiar-se de les tècniques de rehabilitació del doctor sir Ludwin Guttmann, un neurocirurgià alemany d'origen jueu que havia emigrat al Regne Unit el 1939. En poc menys d'un any va tornar a tenir l'energia necessària per continuar sent, des de la cadira de rodes, l'home emprenedor i ple de vida que era abans de patir l'accident. Quan va tornar a Barcelona, es va proposar crear un centre hospitalari per a paraplègics i tetraplègics, i el 27 de novembre de 1965 s'inaugurà a la Ciutat Comtal, al barri de la Sagrera, el primer hospital d'Espanya dedicat a la rehabilitació de lesions medul·lars. El nou centre, aixecat sobre les cendres de l'antic hospital de la Magdalena, va dur el nom d'Institut Guttmann en record d'aquell doctor que va impulsar el tractament renovador de les lesions medul·lars després de la desolació viscuda quan va acabar la Segona Guerra Mundial.

L'any 2002 es va inaugurar un edifici nou a Badalona, de més de disset mil metres quadrats, especialment dissenyat per al tractament d'aquestes malalties. Al cap d'un any, el 2003, els reis d'Espanya van visitar les instal·lacions, tal com ho commemora una placa que hi ha a l'entrada, una placa que he vist durant dos mesos, fins a les acaballes del 2007.

Un cop dins el Guttmann, de seguida rebo les atencions d'en Manolo, l'infermer que em té al seu càrrec. Els exercicis se succeeixen des de les deu del matí fins a la una del migdia, aproximadament. Aquí he tornat a tenir la sensació més semblant a poder donar les mercès, gràcies a un dels aparells que em col·loca completament vertical i que s'ocupa de moure les meves cames com si estigués caminant. Acostumo a marejar-me i de vegades resulta difícil, però la sensació és real i, malauradament, gairebé irrepetible. En acabat, tot sovint faig exercicis d'equilibri i mobilitat a la piscina, però el que m'agrada més és sortir a l'exterior amb la cadira de rodes per enfrontar-me als simuladors dels riscos de la vida diària, com ara rampes, voreres, etc. I també m'ho passo d'allò més bé quan m'enfronto al Seat Ibiza blanc que serveix per aprendre a pujar al cotxe des de la cadira i després desar-la a la part del darrere un cop desmuntada. La primera vegada que ho vaig aconseguir va ser una sensació increïble. Havia muntat en un cotxe altres cops, però mai no ho havia fet sense fer servir les cames. A aquesta tasca es dediquen al meravellós Institut Guttmann.

Quan el rellotge marca la una em disposo a sortir del centre. Altre cop, en Tomás i la seva famosa ambulància m'esperen per dur-me a casa. Abans, però, vaig al departament de farmàcia per recollir-hi les medecines que necessito. Un dels operaris surt tot nerviós, em pregunta si realment sóc l'Isidre Esteve, aquell que corria en el Dakar, i em demana un autògraf: «Per a la meva filla —diu—, que somia participar-hi un dia». Quan surto m'esperen a la recepció. Tinc un paquet que resulta ser una postal enviada per algú des d'Astúries per donar-me ànims. Aquestes petites coses fan que l'etern somriure que alguns periodistes (amics meus, és clar) m'atribueixen continuï present en el meu rostre. El que m'ha passat és molt dur, i els petits detalls m'ajuden a afrontar-ho. No vull ni espero ser res ni ningú més que els altres. Simplement, vaig patir un accident. Aquestes coses passen de vegades, i aquest cop senzillament em va succeir a mi. És dolent, és greu, és una putada, però, malgrat tot, continuo aquí. Vull recordar que durant l'any 2006 van morir prop de quatre mil persones a les carreteres espanyoles, una xifra terrible que s'amaga rere les cortines negres de milers d'històries de famílies destrossades. No tinc cap dret de queixar-me més que qualsevol altre.

Josep Medina, el cap del departament de fisioteràpia del Guttmann, em va explicar una vegada que estava molt content amb la meva actitud. Em va dir que aquella era la clau per a una recuperació si més no mental, que podia dur a una altra de física dins dels límits establerts per la lesió. Segons aquest especialista, un dels millors en el seu camp, les persones que tenim la desgràcia de patir aquesta xacra afrontem d'una manera molt semblant el resultat del procés, però és a la part del final on s'estableixen les diferències. Normalment, hi ha un primer moment en què esdevé la negació del que ha succeït, no podem creure-ho i, a més, ens en demanem constantment la raó: l'inevitable «per què jo?», que es repeteix dins el nostre cervell com un martelleig incansable durant els primers dies. És el pitjor moment i sol durar un cert temps, fins que s'inicia la rehabilitació en llocs com el Guttmann o l'hospital de paraplègics de Toledo, els dos únics centres d'aquestes característiques que hi ha a l'Estat espanyol. Llavors es produeix una pujada en l'ànim del pacient, que posteriorment s'estabilitza davant l'esperança d'una possible millora en el període que dura la rehabilitació al centre hospitalari. Després arriba la tornada a casa. És el moment d'una nova recaiguda, fins que apareix la situació decisiva un cop es torna a la normalitat. Aquí, molts pacients cauen en picat en una depressió sense sortida, però d'altres reprenen la seva vida anterior, per bé que sense arribar a tenir el grau de felicitat d'abans de l'accident, excepte en casos especials, com el d'Albert Llovera, que ha sobrepassat la barrera de la satisfacció personal que tenia quan podia moure les cames. Són exemples realment excepcionals i, segons el cap de rehabilitació del Guttmann, jo vaig camí d'aconseguir-ho, de disposar de la força necessària per trencar els límits que el meu propi cos em posa. Aconseguiré ser el capità de la meva ànima. Perquè això passi encara falta molt de temps, molt camí per recórrer amb la meva ment, molts exercicis per fer.

Al migdia, quan abandono el Guttmann, altre cop amb Tomás i la seva ambulància, torno al caos del trànsit barceloní. Al meu costat, una senyora que ronda la seixantena plora com una nena petita a qui algú ha tret la seva nina preferida. No veu la sortida. Aquest cop m'acompanya un amic, i fem bromes i parlem sense aturador fins que, al final, quan ja gairebé hem arribat a l'avinguda Diagonal, la dona de la vora es treu les ulleres, s'eixuga els ulls i ens regala un petit somriure.

A les dues del migdia arribo al poliesportiu Salvador Gimeno de Sant Joan Despí, una instal·lació moderna on m'espera la Lídia, la millor i més fèrria de les meves entrenadores. Tots dos prenem un dinar lleuger del menú de la cafeteria del centre i, a les quatre de la tarda, ja estem entrenant envoltats de nois i noies que passarien per ser paradigma dels cossos Danone i que corren a les cintes i aixequen pesos a la vegada que salten sense parar. Mentrestant, jo, aliè a l'orgia de benestar que m'envolta, faig exercicis per potenciar la musculatura dels braços i millorar l'equilibri. La Lídia em llança una pilota una vegada i una altra, i he d'agafar-la fins que finalitza la sessió de quasi quatre hores amb un reconfortant massatge. De vegades no tinc ganes d'entrenar. M'agradaria proposar-li d'anar a prendre un gelat o marxar de viatge, però ella és més dura que jo i no m'ho permet. Sempre li estaré agraït per donar-me forces en aquests moments.

Ara la meva feina és aquesta: recuperar-me de la millor manera possible per poder dur una vida normal dins de la singularitat de la meva existència. Més endavant arribaran altres reptes, però les vuit hores que he ocupat durant mesos en la rehabilitació han estat la meva aventura més arriscada.

La majoria dels dies, sempre hi ha alguna cosa que trenca la rutina: un amic que em ve a veure, un antic patrocinador que s'interessa pel meu estat, reunions amb la meva marca, tantes i tantes coses. Tanmateix, el que s'anomena rehabilitació ja va acabar fa mesos. Ho vaig sentir de la mateixa manera que quan vaig haver d'abandonar l'hospital.

Ja tinc cotxe, un preciós Altea Freetrach, el primer quatre per quatre de l'antiga casa espanyola. Me l'ha proporcionat Seat gràcies als contactes de César Rojo, el *jefasso* de KTM Espanya. Ja està adaptat i em moc amb fluïdesa pel trànsit barceloní després de treure'm el carnet corresponent. El dia a dia és un entrenament per al meu pròxim gran repte.

El dia acaba al dúplex que comparteixo amb la Lídia als afores de Barcelona. A la calidesa de la llar, hi arriba la nit, i ella m'envolta amb els seus braços plens a vessar d'amor. Cada nit dormim junts, ben junts, amb les cares enfrontades. I dormo tranquil, amb la consciència neta i l'ànima blanca. Sóc l'amo del meu destí.

LES DUNES QUE HAN DE VENIR

«El futur té molts noms: per als dèbils és allò inassolible; per als temorosos, el desconegut; per als valents, l'oportunitat.»

VICTOR HUGO

Esperava la pregunta com una cosa inevitable. Ells no s'hi atrevien, però me l'havien de fer. Finalment, un dels presents va alçar la mà i va dir: «Isidre, tornaràs al Dakar?» Aquell dia, que em presentava per primer cop a la Vall d'Hebron, davant els periodistes, vaig estar a punt de posar-me a plorar. Era la meva primera compareixença pública després de l'accident, la primera vegada que em mostraria al món en una cadira de rodes, que la gent veuria qui havia estat centaure del desert assegut per sempre més sobre dues rodes que ja no el durien a la glòria. «Només han passat dos mesos i mig des de la caiguda i encara necessito rehabilitació. Tinc ganes de fer moltes coses. El Dakar és una cursa que admiro, m'atrau tot el que l'envolta. M'agradaria fer-la amb cotxe», vaig respondre llavors, quan em van plantejar un dels enigmes més importants de la meva vida. Tinc molta fe que arribarà aquest moment. Les creences són una cosa estranya. De vegades pensem coses impossibles, i d'altres, ens imaginem fets que posteriorment la ciència s'ocupa de confirmar. Jo tinc sensacions, emocions, i crec que la vida, tal com va dir Copèrnic a propòsit de la rotació de la Terra, es compon de cicles en els quals s'alternen les coses bones i les dolentes; solen ser curts i normalment vivim tranquils i coneixem la felicitat únicament en instants concrets, que esdevenen regals de la naturalesa. També crec en l'aleatorietat dels successos, a pesar que, també, com va dir Einstein, sostinc que gairebé tot té alguna causa. El cert és que espero que totes les ciències i les creences s'uneixin a la meva ment per aconseguir fer realitat una cosa que desitjo amb totes les meves forces: tornar a competir a l'Àfrica... o a Amèrica, on serà el pròxim Dakar. En això estava pensant quan vaig respondre la pregunta de Chema Mela, periodista de l'*As*: «Hi ha un projecte que m'omple d'il·lusió: ser a la línia de sortida del Dakar 2009. Pensar-ho em fa viatjar al món dels somnis, aquell ple de coses increïbles però que ja és una realitat: anar en un equip de cotxes. Allà seré.»

Semblava impossible però el cercle s'està tancant i he tornat dels inferns. A principis de febrer, a Madrid, es va presentar el meu equip de cotxes, el projecte que em va retornar a la que ha estat i sempre serà la meva vida a les curses. Amb el patrocini de Prosegur i la implicació de Ssangyong com a marca, hem aconseguit un programa complet per al campionat d'Espanya de ral·lis TT, algunes proves del Mundial i sobretot per a la pròxima edició del Dakar, el de la nova època. A la vida cal saber canviar per seguir fent el que a un més li agrada, la meva passió són els raids i si ara no puc fer-los amb moto, els faré amb cotxe. Així de senzill, així de complicat, així són els desitjos.

Vaig tenir la desgràcia de viure a Lisboa el dia 4 de gener, d'estar present en el moment en el qual es va acabar el Dakar com fins ara l'hem conegut, amb l'èpica de les dunes africanes i el llac Rosa. Havia de ser un dia especial, tenia diversos projectes de col·laboració amb algun diari, la revista *Solo Moto* i TVE, però les amenaces terroristes d'Al-Qaeda i les seves bogeries van obligar a suspendre la prova i molts van vessar llàgrimes al Centre Cultural de Betlem, encara que més fort va ser el crit esquinçador que vaig escoltar a la llunyania. Àfrica plorava per la mala sort del seu destí.

Ara s'obre una nova etapa i vull ser aquí, vaig ser a l'últim Dakar africà i seré al primer d'Amèrica. Un pilot de motos que en el passat hauria pogut guanyar l'aventura africana i que ara, en una cadira de rodes, intentarà arribar per primera vegada amb cotxe al final de la cursa. Un pilot que amb prou feines sap conduir un vehicle de quatre rodes, però que coneix prou bé les tàctiques de la cursa, el ritme del desert i els plecs del màgic univers de les dunes daurades: l'Isidre Esteve. Sens dubte serà tot el contrari a quan vaig arribar per primer cop al món del Dakar. Llavors sabia anar amb moto, posseïa la tècnica i l'experiència de l'enduro, però desconeixia totalment una cosa vital al desert: la navegació. Ara serà diferent, però espero que amb el mateix final. Confio a veure el llac Rosa i a sentir que l'aigua em somriu en acabar un viatge que tot sovint ens escridassa amb paraules de desesperança.

Ara bé, espero dur un bon copilot al costat. Certament, alguns necessitem més ajuda que d'altres, però tothom, quan el desert de la vida ens atrapa, necessitem acudir a altres éssers humans perquè sense ells no podem existir. Fins i tot el millor dels cotxes, com ara un Mitsubishi MPR Montero o un Volkswagen Race Touareg, de vegades cal que sigui remolcat per un petit i tronat *buggy* que intenta sobreviure al desert.

Ser present a la sortida del Dakar 2009, que probablement començarà i acabarà a Buenos Aires, la capital de l'Argentina, és un somni nou que recupera la vella aspiració del Dakar, per bé que ara amb cotxe, tal com ha dictat aquell vellet de barba blanca que escriu el llibre del Destí. Se li va tòrcer alguna línia, però ara estic ajudant-lo a escriure ben recte i amb els mots adients. Tornaré al Dakar, a competir en aquesta cursa plena de llegendes i encisos, de reptes... Ara més que mai.

Per començar, quan tot just fa uns quants mesos d'ençà de l'accident, al desembre del 2007, ja he anat al Marroc amb un *buggy* quatre per quatre biplaça, condicionat especialment perquè jo pugui conduir-lo. He anat amb la Lídia i uns amics de Lleida i hem fet una etapa del Dakar anterior. Ha estat una experiència fabulosa, una de les millors d'aquesta vida a la qual tanta corda li queda. He tornar a veure les dunes, a gaudir amb el silenci inigualable del desert, envoltat d'or pertot arreu. I he pogut veure el vehicle enmig del no-res, mirar-lo als ulls i descobrir que viure sempre mereix l'esforç. Passi el que passi, sempre hi ha un tresor amagat en algun lloc pel qual paga la pena lluitar. Sempre.

Per anar a la cursa de llegenda amb cotxe cal que passi per moltes proves, he d'intentar conduir amb rapidesa, aprendre a pilotar i, després, hem previst seguir un programa de curses a Espanya, prèvies a la disputa de l'aventura. Aquest és el meu futur immediat, compaginar la meva feina amb la competició. Perquè també treballaré cada dia com a director del circuit de motocròs de Bellpuig, el mateix on es fa la prova espanyola del Campionat del Món de l'especialitat. És un altre repte bonic en el qual puc ajudar molt.

Abans de la lesió no parava mai de fer coses, em passava el dia anant d'un lloc a l'altre sense aturador, viatjant contínuament. Ara cal que tot torni a aquella normalitat tan poc rutinària, perquè necessito la motivació per aconseguir superar-me.

Moltes empreses —que tindran la meva gratitud per sempre— m'han ofert feina, per començar quan jo vulgui, quan em senti preparat. Tanmateix, n'hi ha algunes que em fan una il·lusió especial. També hi ha projectes com ara KTM Espanya.

Una altra de les col·laboracions és amb Santiveri. Vaig tenir l'honor de fer un espai d'entrevistes a diverses personalitats de l'entorn dakarià. Va ser una experiència molt maca, en la qual em van ajudar molts amics, encara que finalment no es van emetre a TVE per cancel·lació de la prova.

Tampoc no vaig poder tornar al campament com estava previst, amb la meva cadira de rodes, per oferir una mica d'esperança als qui són com jo, però a qui el destí no ha donat tanta sort. A la jornada de descans, a Nouakchott, anàvem a lliurar, juntament amb el doctor Mir i la gent del Dakar Solidari, un bon nombre de cadires de rodes per a paraplègics que eren asseguts a terra. Tenia la intenció de tornar al Dakar per fer alguna cosa bona, per intentar ajudar amb una mica de calma, comprensió i material als que no tenen res. No va poder ser, però afortunadament la gent del Dakar Solidari va poder portar aquestes cadires i tones de medicaments i aparells mèdics fins als hospitals en un viatge fugaç però intens en el qual alguns van estar al mateix quiròfan de Nouakchott en el qual em van operar de la melsa. Va ser, una vegada més, un any més, una mica d'esperança per a aquella gent a la qual la cancel·lació del Dakar ha deixat amb menys que res, encara més pobres del que eren. Ara molts dels que criticaven la cursa des de la seva magnífica butaca de pell a Europa s'estan adonant que el Dakar també salvava moltes vides. Espero seguir col·laborant amb el doctor Mir i els seus en el que pugui.

Sense cap mena de dubte, el que més desitjo en aquests moments és ajudar la gent que està com jo. Deia la mare Teresa de Calcuta que, de vegades, notem que allò que fem és només una petita gota en la immensitat del mar, però el cert és que el mar seria més petit sense aquesta gota nostra. Així de simple. Sento la necessitat d'ajudar. I quan aquesta sensació t'envaeix, cal acomplir-la tant sí com no. Malauradament, som una minoria i la gent no sol recordar que cal mirar a baix per veure'ns, que som al dessota observant el món des d'una altra perspectiva, però sentint-nos part d'aquest univers que gira de vegades tan de pressa que les urgències no deixen temps per a les coses importants.

Ara com ara, la manera més eficaç de dur aquest minúscul granet de sorra al desert és a través de la Fundació Wings For Life. L'estiu del 2003, Hannes, fill de Heinz Kinigadner, va patir un accident durant la celebració d'una cursa de motocròs amb finalitats benèfiques. Llavors, el campió austríac, en col·laboració amb Dietrich Mateschitz, fundador de la marca de begudes energètiques Red Bull, va engegar aquesta fundació amb l'objectiu de donar suport a la investigació clínica en el camp del sistema nerviós central. Heinz creu que la recerca és la clau per a una futura solució de la paràlisi, i jo hi coincideixo plenament. Només calen diners. Dir això és dur, però és així. És una d'aquelles descarnades certeses del món real.

Wings For Life és una organització sense afany de lucre l'objectiu principal de la qual és recollir diners per promoure la recerca a escala mundial, l'única manera d'aconseguir el miracle del guariment d'aquestes malalties. No és cap utopia ni cap somni irrealitzable. Temps enrere hi havia un munt de patologies incurables que avui, gràcies als avenços de la ciència i l'esforç de molts, no són sinó mers contratemps que no impedeixen tenir una bona qualitat de vida. Per què no pot succeir el mateix amb les lesions medul·lars? Alguns experts s'atreveixen a pronosticar que d'aquí a uns deu anys existirà la solució per a aquest problema. Potser és un període massa optimista, potser llavors el meu cos ja no estarà preparat, però els somnis i la perseverança són una combinació que sol oferir l'èxit com a resultat.

De fet, Wings For Life ja ha avaluat diversos tractaments que han demostrat la seva eficàcia, però alguns no es poden transferir al sistema clínic a causa dels costos de les patents, que en fan poc atractiva la comercialització. Un altre dels àmbits on la fundació desenvolupa la seva tasca és el de la prevenció. En aquest sentit, a hores d'ara la seva contribució més important és el Lead Brace, un aparell que jo duia posat el dia de l'accident i sense el qual les lesions haurien estat molt més greus. Es tracta de l'anomenat «casc per a la columna dorsal», i és el resultat de la col·laboració entre KTM, BMW, l'Spinal Cord Injuri Departament i el BG Trauma Center Murnau d'Alemanya, amb el doctor Lead, cirurgià ortopèdic de Sud-àfrica. És una mena de collar ortopèdic semirígid que permet la tensió i la flexió de la medul·la i preveu la fractura d'aquesta zona. En aquests moments, Red Bull cobreix totes les despeses de funcionament i els costos de la fundació, circumstància que permet que totes les donacions de particulars i altres empreses es destinin exclusivament a finançar la recerca. El suport a aquesta fundació és un dels meus objectius principals, perquè em permet ajudar moltes persones que pateixen el meu trastorn i, lògicament, ajudar-me a mi mateix.

Ara el repte és l'esdevenidor, aprofitar el nou cicle que s'obre davant meu i convertir-me en amic de la bona sort, en el seu aliat més íntim. Intentaré fer-ho amb cotxe; queda molt per aprendre, però el futur és amic meu. He estat de visita a l'infern, he tingut audiència privada amb la mort i he tornat. Sóc aquí. Ara esperen continents de llegenda. El Dakar tornarà a ser la meva aventura.

LA VIDA DELS SOMNIS

«¿Qué es la vida? Un frenesí. ¿Qué es la vida? Una ilusión, una sombra, una ficción; y el mayor bien es pequeño, que toda la vida es sueño y los sueños, sueños son.»

PEDRO CALDERÓN DE LA BARCA, *La vida es sueño*

Aquella nit vaig somiar que tornava a caminar. Va ser després de passar un dia a la casa d'Oliana amb la meva família, recordant l'última vegada que havia anat amb tots els meus germans i nebots a collir bolets a la muntanya. Em vaig posar a barrinar, vaig pensar molt i em vaig imaginar com seria si pogués caminar, tal com feia l'any anterior. Caram, com ho trobo a faltar! Vaig tenir un somni en el qual no existien les quatre rodes que ara són les meves cames, sinó que només en tenia dues, fortes i robustes, i el cervell, altre cop, els donava ordres i elles obeïen sense queixar-se ni badar boca. Feien allò que la meva voluntat els xiuxiuejava, tranquil·les, a poc a poc, amb seguretat, amb desimboltura, fins i tot amb elegància dins el somni. I caminava.

L'endemà, de bon matí, em vaig despertar, i el somni era una quimera, tan sols havia estat un truc dins la foscor. Tot sovint passa que quan durant el dia es pensa molt en una cosa, després, a la nit, els somnis s'ocupen de dibuixar una història amb aquella obsessió com a protagonista. Però no és real. Bé, no és real avui, però qui sap què passarà demà? Tinc dret a l'esperança. No és cap bogeria ni tampoc no sóc cap inconscient. Sé molt bé què és el que pateixo, quina és la meva malaltia i fins a on puc arribar. Ara bé, això no treu que no pugui pensar que el futur pot ser diferent, de la mateixa manera que també ho va ser el passat.

Abans del dia atziac, podia caminar, podia fer un munt de coses que avui només habiten en el món de la imaginació, en l'univers dels somnis, però en un moment tot va canviar. El que semblava impossible va ocórrer. Per què en el futur no em puc trobar amb un altre d'aquests instants que canvien la vida? Ningú no ho pot saber. Tot pot succeir. Potser un dia la ciència serà capaç d'arribar a un punt que encara no ha assolit, de viatjar més enllà dels límits, i la recerca aconseguirà una solució. Aquest dia arribarà. Ho crec fermament. No m'hauria agradat gens no veure'm entre els participants d'un Dakar que finalment no s'ha disputat, però no és la meva moto el que més enyoro: jo, el que voldria, és poder caminar.

Potser somio despert, potser només és una il·lusió, però, sense il·lusions, la vida no paga la pena de viure-la. L'esperança ens manté ferms, expectants, aferrats a totes les taules dels nàufrags de la història, perquè el futur sigui diferent i els somnis que una nit vam tenir es compleixin l'endemà. De vegades confonem els desitjos amb la realitat, però cal que sapiguem que, si ens ho proposem, podem transformar-los en fets. El més increïble dels miracles és que existeixen.

Quan estigui preparat, ho intentaré, i potser aquell moment maleït en què tot va canviar deixarà de ser etern i aconseguiré treure'm el ganivet que se'm va clavar a l'esquena; potser el camí quedarà lliure de la maleïda pedra; potser aquest dia em podré aixecar de la cadira, mirar-la des de dalt i dir-li: «Gràcies per tot, amiga meva». Llavors la duré al garatge, on guardo les meves motos, i la desaré allí, al seu costat, com una companya més dels triomfs de la memòria atrapats en el record.

Serà aquest el moment en què em trauré el punyal de l'esquena, ja no hi haurà pedres al camí, ni instants eterns, tornaré a conèixer la sort del meu destí i estaré només jo, que, assaborint cada pas, tornaré a caminar per les muntanyes.

EPÍLEG. QUE LA VIDA NO ET PRENGUI MAI EL SOMRIURE

Aquell dia em sentia trist, amb l'ànima adolorida per la pèrdua i l'absència, quan et vaig veure. Tombats a terra, al desert de Mauritània, on fins i tot l'aire sembla cansat, m'ho vas dir: «Noi, no deixis mai que la vida et prengui el somriure. Passi el que passi. Sempre hi haurà algú que patirà per tu quan tu pateixis, així que somriu sempre». I així vas aparèixer tu ahir, amb un somriure enorme en un rostre cansat i acostumat a lluitar, ara que tot just comença la batalla. Vaig plorar. No resulta gens fàcil per a qui t'estima veure't manejant una cadira de rodes en comptes de la teva KTM, però després hi havia les ganes de viure i una nova lliçó. Mai no miraré cap avall per parlar amb tu, ets massa gran. Tan sols intentaré posar-me a la teva altura. Continua viu i tornaràs a l'Àfrica. No, tu no ets a la vida per contemplar el paisatge.

Com a pilot —tot i que ja t'ho vaig dir després de vèncer una etapa en el Dakar, recordes?— ja ho has demostrat tot. Ets un dels millors i només el destí i els seus jocs amb les caixes de canvis i una melsa perduda han aconseguit amoïnar-te. No et cal demostrar res. Continuaràs lluitant i tornaràs a veure les dunes, a disputar aquesta màgica cursa de merda que adores com si fos l'àngel de la vora. No ho sé, però diuen que després de les desgràcies vénen les coses bones. És la vida, un pneumàtic que gira entre la sorra i les pedres, però que sempre veu el sol... cada matí. No sóc ningú per demanar-t'ho, però et prego una cosa: no deixis mai de somriure, amic meu.

Diario AS, 8 de juny de 2007

Manuel Franco (Valdemorillo, Madrid, 1975) ha estat l'enviat especial del diari *As* i la Cadena SER al Dakar en els darrers quatre anys.

Agraïments de Manuel Franco

A Gabriela, que va néixer d'una deessa durant l'embaràs d'aquest llibre. Al meu pare, que llegirà, orgullós, aquestes línies des d'on cada dia m'envia forces. Sempre m'acompanyes, gran. A la meva mare, per tantes coses, per portar-me a la vida. A la meva família, sobretot a les meves germanes, per l'esforç i l'orgull de ser els meus. A dinou persones en una per les ensenyances. Al diari *As*, per l'oportunitat, i a la SER pel suport. A l'editorial, per la confiança. Als meus amics, per ser-ho. A l'Esteve, per ser-hi entre ells i per ser de veritat. Als mestres i els llibres per alimentar-me. A l'Àfrica, pel seu encís. A tot aquell que llegeixi aquest llibre, per l'esforç.

A tu, sempre a tu... per l'aire.

AGRAÏMENTS D'ISIDRE ESTEVE

Haig de donar les gràcies a molta gent i no tindria prou espai. Heu estat molts els que m'heu ajudat a assolir les fites més desitjades en el món de la competició. Però el que de veritat ha estat més important per a mi és veure i sentir que heu estat al meu costat quan més ho necessitava.

Molt especialment a la Lídia, que dia rere dia ha respirat per mi i ho continua fent.

El que ara mateix teniu a les mans no seria el que és sense el treball del meu gran amic Manolo Franco.

Moltes gràcies!